AF220977

FSC
www.fsc.org
MIX
Papier aus ver-
antwortungsvollen
Quellen
Paper from
responsible sources
FSC® C105338

ISBN 9783754385586

© 2022 bei Lena von der Vögellaune
Herstellung und Verlag: BoD – Books on
Demand, Norderstedt, Germany (EU)
www.bod.de

Handwerkertest

-

Mit meinen heißen Lippen

Inhaltsverzeichnis

Der Malermeister mit dem dicken Pinsel

Wieder soll es ein warmer Sommertag werden. Die ganze Woche bisher kein Tag unter 28°C und es wird noch heißer. Seit einigen Tagen ist am Haus neben meinem eine große Baustelle. Rund um das Haus steht ein Gerüst, welches bis ganz nach oben reicht. Beide Etagen sind nur noch zu erahnen. Anfänglich hatten die Bauarbeiter noch Folien, teilweise mit Werbung gespannt. Inzwischen ist auch den meisten von ihnen sehr warm geworden und durch die fehlenden Folien geht auch dort immer mal ein Luftzug, der den Bauarbeitern sicher ganz guttut.

Die meisten arbeiten mit freiem Oberkörper und ich sitze auf meiner Terrasse und lasse mich bräunen. Manchmal lege ich mich auch bäuchlings auf meine Liege und trage obenrum nichts und meine Möse bedeckt ein Bikinistring. Ich habe sie in Rot, Grün, Türkis, Gelb und Weiß. Ich spüre die gierigen Blicke der geil werdenden Bauarbeiter auf meinem kleinen Arsch. Manche von Ihnen pfeifen dann auch und ich drehe mein Gesicht zu ihnen, lächle sie an und gebe mir selbst einen Klaps auf meinen Arsch. Bei manch einem hat sich schon eine kräftige Beule in der Hose gebildet und ich überlege welche Beule hält was sie verspricht.

Irgendwann nehme ich den einen mit dem Sixpack und den kräftigen Oberarmen, denke ich mir. Der wird mich bestimmt so richtig geil durchficken. Der Beule in seiner Latzhose nach zu urteilen, hat er ein Prachtexemplar zwischen seinen Oberschenkeln. Seine sommerliche Bräune und die weiße Malerlatzhose waren schon ein guter Kontrast. Ich möchte dann aber sehen, fühlen und schmecken wie er in der Hose gebaut ist. Was ich dann mit ihm anstelle und was er alles mit mir anstellt, lesen Sie liebe Leser*innen in dieser Geschichte.

Ich habe mir gerade meinen grünen String ausgezogen und mich auf den Rücken gelegt. Jetzt werde ich denen mal noch zusätzlich einheizen dachte ich mir und schmiedete einen Plan, was ich jetzt noch machen könnte.

Zunächst stand ich auf, holte mir meinen Big aus dem Nachtschränkchen und hatte auch das Gleitmittel und die Sonnenmilch mitgenommen. Ich konnte jetzt ihre geilen Blicke nicht nur spüren, sondern sehen. Jedoch tat ich so, als seien sie gar nicht da. Ich begann mich mit der Sonnenmilch zu cremen. Mein Gesicht ließ ich diesmal aus, denn ich wollte ihre Blicke ohne Unterbrechung sehen können. Also begann ich mit meinem Hals, danach meine Schultern und dann meine Brüste. Besonders die Vorhöfe und dann die Nippel. Zunächst mit den flachen Händen und dann zwirbele ich meine Nippel zwischen Daumen und Zeigefinger. Es dauert nicht lange und sie standen so steif wie die Schwänze von denen. Ich merkte, wie ich selbst geil wurde, als ich mir vorstellte einer von ihnen würde meine Brüste cremen und dabei von meinen Titten schwärmen. Danach war mein Bauch dran. Oh, ich hatte vergessen mein Nabelpiercing herauszunehmen. Na gut, dachte ich, dann stehe ich eben nochmal auf.

Jetzt konnten sie meinen Arsch, meine Beine und meinen Rücken sehen. Leider konnte ich so nicht sehen wer da gerade laut pfiff. Aber als ich mich umgedreht hatte, sah ich, dass einige ihre Handys oder ihren Schritt in der Hand hielten. Offenbar hatte sie der Anblick meines kleinen runden Arsches so geil gemacht.

Kaum hatte ich mich wieder hingelegt, spreizte ich meine Beine ein wenig. Gerade so viel, dass ich den frisch rasierten Hügel, oberhalb meines Kitzlers auch cremen konnte. Ich bemerkte, dass ich selbst anfing zu stöhnen, denn die Blicke und Pfiffe der Bauarbeiter machten mich auch geil.

Jetzt waren meine Beine und die Füße dran. Besonders beim Cremen der Innenseiten meiner Oberschenkel, sah ich die gierigen Blicke. Je geiler und gieriger die Blicke wurden, je langsamer und ausführlicher cremte ich mich ein.

Zum Schluss schickte ich noch einen Kuss rüber. Ich küsste die Innenseite meiner Hand, ließ dann die Finger in ihre Richtung zeigen und blies. Die Männer, die ich bisher hatte, waren nicht nur von meinen Künsten als Bläserin begeistert.

Also entweder ist die Zeit schneller vergangen als ich dachte, oder die weiblichen Begleiterinnen bekamen gleich das Finale der Erregung ihrer Männer. Es war tatsächlich kein Bauarbeiter mehr zu sehen und es war gerade vierzehn Uhr und das an einem Donnerstag, wo es doch heißt Freitag ab eins macht jeder seins.

So kam Big zu seinem Einsatz. Big ist mein Vibrator, der meine Möse richtig nass machen kann. Ich bin jetzt so geil, dass ich es jetzt und sofort brauche. Einen kleinen Moment lang dachte ich darüber nach, ob der Akku noch voll genug ist, aber meine Geilheit ließ keine tieferen Gedanken darüber zu.

So legte ich die Spitze auf meine geileren Lippen und schaltete ihn ein. Er fing sofort an zu vibrieren und meine Möse wurde feucht. Ich schob ihn zwischen die nassen Lippen meiner Möse, aber noch nicht tief hinein. Die Vibration, die ich jetzt auf höchste Stufe gestellt hatte, machte mich noch geiler und so schob ich ihn in voller Länge (17 cm) in mein Loch hinein. Nicht sehr vorsichtig, sondern mit einem Ruck. Zuvor hatte ich meine Schenkel noch weit gespreizt, damit er auch ganz tief in mich hineinkann. Big machte einen geilen Job und so ließ ich ihn in meine Möse hinein und bewegte ihn so lange vor und zurück bis ich meinen Orgasmus, laut stöhnend hatte. Wenn schon nicht richtig gefickt, dann doch wenigstens befriedigt blieb ich noch eine Weile liegen und genoss die Wärme der Sonne auf meinem komplett nackten Körper. Wieder schweiften meine Gedanken zu dem muskulösen Maler der, wenn mich nicht alles täuscht auch etwas Großes in seiner Hose hat. Bevor ich nun wieder geil werde, stehe ich mal auf, ziehe mir mein Höschen an und gehe rein in meine Wohnung. Erstmal ein kühles Getränk und dann ab ins Bad. Ich trank so gierig, dass mir ein kleiner Schluck daneben ging. Er lief an meinem Hals herunter, über meine Brüste, vorbei an meinem Bauchnabel und meiner Möse. Ich habe schon wieder Kopfkino und merke gerade was ich doch für eine süße geile Schnecke bin.

In der Dusche drehte ich das kalte Wasser voll auf und die Brause stand auf Massagefunktion. Meine Schultern und meine Brüste bekamen so einen Massagestrahl, dass meine Nippel sich aufrichteten. Ich genoss die kalte Dusche, trocknete mich danach ab und zog mir meine pinkfarbenen Hotpants an. Obenrum ein Shirt in Weiß und dann schlüpfte ich in meine Flip-Flops und machte es mir vor dem Fernseher mit einem Teller Salat gemütlich. Meinen Salat hatte ich noch mit ein paar Tomaten, etwas Käse und Öl verfeinert.

Am nächsten Morgen schien die Sonne schon wieder kräftig und mein Thermometer zeigte 24°C an. Zum Frühstück gab es bei mir Müsli, einen Apfel und eine große Tasse Kaffee. Ohne diesen Kaffee am Morgen bin ich kein Mensch. Danach ins Bad und anziehen. Ich war fest entschlossen, heute eine geile Zeit mit dem Maler zu verbringen. Also zog ich meinen kurzen weißen Rock und mein türkisfarbenes Shirt an. Drunter brauche ich nichts, schließlich will ich heute so richtig geil rangenommen werden. Ich ging die kleine Treppe herunter und schon stand ich auf dem Fußweg neben der Strasse. Als ich nahe genug an der Baustelle war, ließ ich meinen Arsch im Tempo meiner Schritte wackeln. Schon hörte ich den ersten Pfiff eines Bauarbeiters. Ich lächelte und als ich an ihm vorbeilief bekam er noch einen Luftkuss von mir. Er lächelte zurück und ich konnte seine Geilheit in seinen dunklen Augen sehen. Nach einigen Metern war ich kurz vor dem Bauwagen, in dem die Maler ihr Quartier hatten.

Er, ja genau er saß draußen auf der Treppe. Wow, dachte ich, das passt ja wunderbar. Er lächelte mich an und ich auch ihn. Genau vor ihm, hob ich meinen Minirock vorn ein wenig hoch und er konnte meine nackte, frisch rasierte Möse sehen. Ich beugte mich zu ihm runter, dass er meine nackten Brüste sehen konnte und dann flüsterte ich „Ich will dich, wenn ich gleich wiederkomme, nehme ich dich mit zu mir und dann musst du mir zeigen was du in deiner Hose hast. Dein Sixpack macht mir Lust auf mehr." Ich lief weiter und ließ meinen Arsch dabei wackeln. Zu gern hätte ich jetzt seinen Blick gesehen, ich spürte ihn aber auf meinem Arsch. Ob er mich nachher in alle drei Löcher ficken wird, weiß ich bald. Aber nur halb gefickt würde er mir nicht davonkommen. Ich werde sie ihm auf jeden Fall bereitwillig entgegenstrecken. Seine Nase ließ mich ahnen, was ich nachher in meinen Löchern haben würde.

Im Supermarkt angekommen kaufte ich frische Erdbeeren, Sahne und etwas Knabberzeug. Die Sahne und die Erdbeeren hatte ich für unseren Fick und natürlich auch so gekauft. Das Knabberzeug werde ich morgen Abend brauchen. Da kommt mein Freund+ und wenn er mit seiner salzigen

Zunge meine Löcher leckt, macht mich das geil. Vielleicht lasse ich ihn auch in mich rein. Entweder vor lauter Geilheit oder aber weil der Maler doch nicht so geil fickte, wie ich es brauche. Der Supermarkt war nicht sehr voll und so war ich schnell wieder draußen.

Der Maler saß immer noch auf der Treppe und leckte über seine Lippen. Ich streckte ihm meine Hand entgegen und er stand auf. Kaum in der Wohnung angekommen, stellte ich die Erdbeeren und die Sahne in der Küche ab und drehte mich zu ihm um. Er legte seine linke Hand auf meine Schulter und mit der rechten griff er kräftig in meinen Schritt und sagte „Du bist ja schon nass." Meine linke Hand ging an seine Schulter und mit der rechten griff ich in seinen Schritt und sagte „er steht ja schon und wird mich nachher bekommen."

Ich drehte mich wieder um und putzte die Erdbeeren. Mit einem Ruck hob er meinen Rock, gab mir je einen kräftigen Klaps auf meine Backen und zog meine Backen auseinander. Ich spreizte meine Beine und schon begann er mich zu lecken. Meine Möse wurde immer geiler und meine Nippel stellten sich auf. Mit einem Mal stand er auf, schob mein Shirt nach oben und massierte kräftig meine Brüste. Es dauerte nicht lange und er zwirbelte auch meine stehenden Nippel. „Du bist ja eine geile

Bitch" sagte er und gab mir wieder einen Klaps auf meine Backen.

„Ich hoffe du wirst mich gleich hart ficken und mich zum lauten Orgasmus bringen." „Na klar" antwortete er sofort. „Wir werden es geil auf meiner Terrasse treiben, dann sehen deine Kollegen, was du für ein geiler Stecher bist. Der bist du doch hoffentlich" fuhr ich noch fort. Die Erdbeeren waren fertig und ich hatte mich zu ihm gedreht und kräftig in seinen Schritt gefasst. „Wenn du ihn schön steif wichst und dabei geil bläst, werde ich deine drei Löcher mit meiner Ficksahne füllen" sagte er daraufhin. Zieh mich aus, forderte ich ihn auf und er tat es sofort. Er schob mein Shirt nach oben und küsste jeden Zentimeter meines Oberkörpers, den er vom Shirt befreit hatte. Besonders hatten es ihm mein Bauchnabel und meine noch immer stehenden Nippel angetan. Zum Schluss schob er mir seine Zunge in meinen Mund und küsste mich so geil, dass ich am liebsten gar nicht mehr damit aufgehört hätte.

Seine Hände massierten wieder meine Brüste, bevor sie nach unten und nach hinten gingen. Mit der einen Hand hatte er meine Arschbacke freigemacht und mit der anderen schlug er drauf. „Au" sagte ich. „Komm du willst es doch richtig hart" sagte er und schlug nochmal drauf. Dann öffnete er meinen Rock, küsste meine geileren Lippen und zog ihn mir ganz aus. Nun hob er mich hoch und ich schlang meine Schenkel um seine Hüfte. Im Schlafzimmer legte er mich auf das Bett und bedeckte mich mit ganz vielen Küssen, bevor ich seine Zunge an meiner Möse und meinem Kitzler spürte. Er leckte mich lange, sodass ich beinahe gekommen wäre, aber ich konnte mich zurückhalten.

„Wir haben die Sahne und die Erdbeeren vergessen" sagte ich zu ihm. „Ja, die Erdbeeren hole ich jetzt und bringe auch die Sahne mit" sagte er, stand auf und ging, so nackt wie er war in die Küche. Wow, dachte ich, der wird mich ausfüllen und meinen kleinen Anus ganz sicher auch. Als er wieder reinkam, spielte ich gerade ein wenig an meiner Möse. Er legte sich neben mich und begann meine Brüste mit der Sahne zu zieren. Danach legte er eine Erdbeere auf meinen Bauchnabel. „Jetzt werde ich dich richtig vernaschen du kleine geile Schnecke" sagte er und begann die Sahne von meinen Brüsten zu lecken und sie dabei kräftig zu massieren. Meine Nippel nahm er zwischen Zeigefinger und Daumen und zog daran. Es schmerzte ein wenig, aber ich spürte auch wie geil mich das machte. Er zog immer mehr an meinen Nippeln und ich packte seinen harten Prügel ganz fest mit meiner Hand.

Sein Mund ging immer weiter nach unten. An meinem Nabel angekommen, nahm er die Erdbeere in seinen Mund und aß sie auf. Danach küsste er meinen Nabel und anschließend bekam auch er etwas Sahne. Sehr behutsam leckte er meinen Bauchnabel bis auch das letzte bisschen Sahne weg war. Seine Hände streichelten meine Oberschenkel und sein Mund küsste meine Möse. Seine Hände glitten jetzt zwischen das Laken und meinen Arsch, denn ich lag auf dem Rücken und hatte meine Beine jetzt weit gespreizt. Seine Zunge leckte einmal kräftig über meine Möse und seine Zungenspitze umkreiste meine Perle. „Du leckst so geil, das ist der Wahnsinn" sagte ich und presste seinen Mund auf meine pralle Lustperle. Meine Möse war klatschnass, so geil hatte er mich geleckt.

„Ich will dich" sagte er und kaum hatte er das ausgesprochen, nahm er sich was er wollte, nämlich mich. Seine Arme hatte er rechts und links neben mir abgestützt und sein steifer Schwanz drang mit einem kräftigen Stoß tief in meinen schwanzgierigen Nasse Möse ein. „Ich will von dir genommen werden. Bitte fick mich, fick mich hart und spritz deine heiße Sahne auf mich" entgegnete ich. Er legte sich auf mich und hielt mich fest, richtig gedrückt und dabei drehte er sich auf den Rücken. Nun war ich oben und er lag unter mir.

„Ich liebe es von einer geilen Frau geritten zu werden, also lass meinen Schwanz tief in dich hinein" sagte er. „Gern reite ich dich, aber nur wenn du es mir nachher auch im Doggystyle besorgst" entgegnete ich. Ich ließ mein Becken auf ihm kreisen, legte mich auf ihn, sodass meine Nippel seine Brust berührten und küsste ihn. Er gab mir einen Klaps auf meinen Po und schob seine Zunge ganz tief in meinen Mund. Danach setzte ich mich wieder auf und ritt seinen langen, dicken und merkte, wie er mich ausfüllte. Es war einer der geilsten Schwanzritte, die ich je hatte. „Das ist so geil, wie du mich fickst" sagte er und ich küsste ihn wieder. „Ich will dich von hinten" sagte er und drückte mich leicht nach oben.

Ich streckte ihm meine inzwischen klatschnasse Möse entgegen und als erstes gab er mir einen Klaps auf meine Backen. Danach leckte er über meine Möse und meinen Anus und dann schob er seinen Schwanz in mich. Mit seinen kräftigen Händen massierte er meinen Arsch. Immer und immer wieder schlug er mir, mal sanft mal fester, auf meine Backen. Zunächst schmerzte es, jedoch merkte ich schnell, dass es mich auch immer geiler machte. So wie er hatte mir noch kein Mann meinen Hintern versohlt. Ich stöhnte immer lauter. „Ja, lass mich deine Geilheit hören" sagte er zu mir. „Ja, komm nimm mich hart und fick mich mit deinem riesigen Schwanz." Ich hatte das Gefühl, dass er noch steifer und dicker geworden ist, seit er in mir hin- und hergleitet.

Er packte meine Haare und zog sie mit einem Ruck nach hinten, sodass sich mein Kopf aufrichtete. Das geile daran war, dass ich ihn jetzt bei jedem seiner festen Stöße beobachten konnte, denn nun hatte ich den Blick in meinen Spiegel direkt vor mir. „Au, aah, ja, jaa, jaaa" sagte ich „du machst mich so richtig geil." Schon bekam ich wieder einen Klaps auf meine Backen. Er zog seinen harten Ständer aus mir heraus und stieß ihn mit einem kräftigen Stoß tief in meinen Arsch. Eh ich etwas hervorstöhnen konnte, begann er meinen Hintern zu ficken. „Dein Arsch ist richtig eng, meine Süße. Deine Möse war schon so schön eng, aber jetzt habe ich das Gefühl, dass ich dich richtig fülle." Klatsch, klatsch schon hatte ich wieder auf jeder Backe einen Klaps von ihm bekommen. „Das macht mich geil mein strammer Stecher" sagte ich zu ihm. „Darum tue ich das" erwiderte er nur und gab mir noch einen festeren Klaps.

Gleich würde ich kommen, dass spürte ich jetzt noch heftiger. Das sagte ich ihm auch, oder besser ich stöhnte es laut heraus. „Ich auch" antwortete er mir. Er zog seinen Schwanz aus meinem Hintern, drehte mich mit ein paar gekonnten Bewegungen um und dann kam es uns. Mir so heftig, dass mein Bauch begann zu zittern und meine Möse vor Nässe zuckte und er spritzte seine Sahne in mein Gesicht, auf meine Brüste und in mein Haar.

„Dein dicker Pinsel kann aber weit spritzen" sagte ich zu ihm. „Ganz, oder gar nicht entgegnete er" und küsste mich auf meinen Wangen.

Der Elektriker mit dem Langen in der Hose

Wie gut für mich, dass es noch immer sommerlich ist. In den letzten Tagen waren die Nachttemperaturen nie unter 24°C gesunken. Ich mag es, wenn der Sommer auch ein Sommer ist. Zu gern lege ich mich auf meinen Liegestuhl und lasse mich bräunen. Natürlich fast nackt, also nur mit einem Ministring bekleidet. An den Seiten wird er nur von dünnen Bändern gehalten, deren Enden mit Knoten und Schleife verbunden sind. Vorn verdeckt nur ein kleines Dreieck meine glattrasierte Möse und nach hinten ist es auch nur ein Band. Damit die Sonne auch überall hinkommt, rasiere ich jeden Tag meine Möse und natürlich auch meine Achseln. Ein Bikinioberteil brauche ich hier auf meiner Terrasse nicht, denn schließlich will ich keine weißen Streifen auf dem Rücken und den Schultern haben und meine Brüste brauchen auch keine kleinen weißen Dreiecke über meinen Nippeln.

Apropos weiß, ich habe heute mal meinen weißen Ministring angezogen und hoffentlich findet sich auf der Baustelle heute jemand, der ihn mir auszieht, um mich schön geil zu ficken. Zwei Tage ohne eine kleine Nummer zwischendurch sind eine echte Durststrecke für mich. Auf Big habe ich gerade keine Lust, nein ich brauche mal wieder einen schönen Schwanz in meiner Möse und vielleicht auch in meinem Mund und meinem kleinen Arsch. Aber das entscheide ich sehr spontan. Wenn er mir gefällt, kann er auch meine drei Löcher füllen und mir in mein Gesicht oder auf meinen gebräunten Body spritzen. Nur nicht in meine Möse, denn auf schwanger habe ich so gar keinen Bock.

Nachher muss ich unbedingt noch Eis kaufen, denn bei der Wärme gehört Eis und Melone unbedingt in meinen Haushalt. Vielleicht treffe ich den Elektriker, der mir neulich hinterher pfiff. Damals habe ich mich nicht einmal umgedreht, aber heute wäre das anders. Er ist auch schon sehr sommerlich gebräunt, hat dunkle Haare auf dem Kopf und braune, große Augen. Die Nase verspricht einiges, aber ob das bekannte Sprichwort auch auf ihn zutreffen wird, weiß ich NOCH nicht. Ich war jedoch fest entschlossen, dies alsbald zu ändern.

Meinen weißen Ministring behielt ich gleich an und zog einen kurzen Rock darüber. Mein Vater hätte mich mit diesem *breiten Gürtel* nie aus dem Haus gelassen, aber heute bin ich reif und erwachsen und bestimme selbst, wann ich was anziehe oder eben nicht anziehe. Im Sommer bin ich eher für das Nichtanziehen. Obenrum zog ich mein hellgrünes, bauchfreies Top an. Da sieht man(n) auch mein Nabelpiercing sehr schön. Die lockigen Haare kämmen und dann konnte es losgehen.

Da in dem nahegelegenen Supermarkt gebaut wird, muss ich wohl ein paar Straßen weiterlaufen. Na gut, dann gehe ich nachher noch ein Stück spazieren, werde dabei ganz zufällig an der Baustelle vorbeikommen und hoffen, dass mich der süße Typ mit dem Spannungsprüfer um den Hals erblickt. Ja, in dem Bereich kenne ich mich auch etwas aus, denn schließlich ist mein Papa Elektroingenieur. Also los geht's nach dem ich mir noch meine Flip-Flops angezogen habe.

Es ist so warm, dass die Luft in der Sonne flimmert. Ich atme tief durch und gehe weiter. Der Supermarkt ist voll und scheinbar laufen alle zum Eis Regal. Ich mag besonders Schokoeis oder noch besser Amarena. Na, mal sehen, ob ich Glück habe und es zumindest eine der beiden Sorten noch da ist. Als ich näher am Regal dran bin, kommt von der anderen Seite der süße Elektriker. Na, das ist doch kein Zufall, denke ich und werde ihm gleich mit meinem Dekolleté ein wenig mehr einheizen. Er schiebt die Kühltruhe auf und lässt mir, was mir sehr entgegenkommt, den Vortritt. Ich hocke mich ein wenig hin und bemerke, wie sein Blick an meinen Brüsten hängen bleibt. Ich habe meinen Kopf jetzt direkt vor seinem, vielleicht großen und dickem Schwanz. Als ich vor ihm stehe, lächle ich ihn an und berühre nur ganz leicht seine größer werdende Beule in der Hose. „Du hast ja auch schon lange nicht mehr" sage ich zu ihm, drehe mich um und gehe einen Schritt zur Seite. Nun kann auch er sein Eis holen. Mit der rechten Hand holt er das Eis heraus und mit der linken gibt er mir einen festen Klaps auf meine Backen. „Richtig und dich würde ich am liebsten noch vor dem Eis vernaschen" antwortete er mir. Wir liefen zur Kasse. Ich hinter meinem Wagen, jedoch vor ihm. An der Kasse angekommen war mein Einkaufswagen vorn, dahinter ich und hinter mir der süße, der seinen Wagen hinter sich herzog. Plötzlich spürte ich seine Finger unter meinem Top. Ich langte mit meiner linken Hand nach hinten in seinen Schritt. Der war richtig groß und ich freute mich, denn gleich werde ich mich über die Schiebestange beugen und dabei meinen Arsch rausstrecken. Gesagt, getan. Als er das sah

21

konnte er wohl nicht anders, als mir noch einen Klaps zu geben. Die junge Kassiererin bemerkte dies und sagte „Sie können die junge Frau doch nicht so berühren." Ich entgegnete „doch er kann das und sogar sehr gut." Die Kassiererin errötete leicht und die Scham war ihr anzusehen. Vielleicht brauchte sie einfach auch nur mal einen geilen Fick. Uns beide störte das nicht und wir gingen Arm in Arm aus dem Supermarkt hinaus.

„Ich hatte schon zwei Tage keinen Sex mehr" sagte ich zu ihm. „Dann bist du heute dran" entgegnete er und fuhr fort „bei mir sind es auch schon drei Tage, die ich zwei Kondome mit mir herumtrage. „Gleich zweimal SEX hört sich großartig an" sagte ich zu ihm. „Einmal ist mir einmal zu wenig" entgegnete er. Der Weg zu mir nach Hause wurde sehr heiß und noch heißer wird es dann abgehen. Mal sehen, wo und in welchen Stellungen wir es gleich treiben werden. Ich freue mich schon und werde ihn wohl in alle meine Löcher lassen, denn auch mein Arsch braucht es mal wieder.

Zuhause angekommen nahm er mich in seine kräftigen Arme und drückte mich an sich. Sofort begann er auch mich zu küssen und er küsste richtig gut. Die eine Hand von ihm ging vorn unter mein bauchfreies Top und streichelte meine Brust. Genauer, er massierte sie mir, um schließlich meine

Brustwarzen zwischen Finger und Daumen seiner großen Hand zu nehmen und sie zusammen zu drücken. Meine Nippel standen so schnell, wie schon lange nicht mehr. Ich hatte seinen muskulösen Oberkörper von seinem Shirt befreit und ging nun mit der rechten Hand vorn in seine Hose. Was mich da erwartete war mehr als in meine Hand ging. „Du hast ja ein Prachtstück in deiner Hose" sagte ich zu ihm. „Du darfst ihn gleich in deinen Mund nehmen, Süße. Aber vorher will ich sehen …" „Was denn" entgegnete ich. „Deine Fotze und deinen süßen Arsch, der hoffentlich nackt ist" entgegnete er. „Fast nackt, mein Süßer. Ich trage noch einen weißen Ministring unter dem Rock, aber den darfst du mir ausziehen. Am liebsten mit deinem Mund" fuhr ich fort. Sofort packte er meinen kleinen Arsch mit seinen großen Händen und danach begann er ganz langsam mich auszuziehen. Je tiefer der String rutschte, je geiler wurde ich. Als er dann auch noch anfing meine Möse zu küssen und zu lecken, war ich fast nicht mehr zu halten.

Nackt wie ich nun war, schob ich ihn zu meinem Sofa, setzte ihn drauf und zog seine Shorts herunter. Die riesige Beule in seiner Shorts hatte nicht zu viel versprochen. Ein riesiger Schwanz schnellte empor, als ich das Bund nach unten zog. Die Eichel war schon frei und ein paar Lusttropfen liefen schon an seinem Schwanz herunter. Ohne von ihm abzulassen, nahm ich diesen riesigen, dicken Schwanz in meinen Mund. „Oh, ja Süße, blas ihn mir und wichse ihn schön steif" sagte er. Noch steifer, dachte ich, geht das überhaupt. „Komm leck meine Eier" meinte er „und nimm ihn schön tief in deinen Mund." Wenn ich dieses riesige Ding tief in meinen Mund nehme, kommt er in meinem Rachen an, dachte ich gerade noch und spielte mit meiner Zungenspitze an seinem Spritzloch. Da packte er meinen Hinterkopf und schon war der Schwanz von ihm ganz tief in meinem Mund verschwunden. „Ich brauche es richtig hart" sagte er. „Das mag ich auch" meinte ich. „Los komm, setz dich jetzt hier hin, damit ich deine geile Fotze lecken kann." Ich saß kaum da drückte er kräftig meine Schenkel auseinander und schob seine Zunge in mich hinein. „Ah, jaa, jaaa, leck mich Du geiler Stecher." „Der werde ich nachher, wenn ich dich in alle deine Löcher ficken werde." In alle drei Löcher?! Wenn er mir seinen Schwanz in meinen Arsch stößt, das wird richtig geil. „Bitte ficke mich in alle Löcher, nimm mich hart ran und lass dein Ficksahne auf mich spritzen. Am liebsten mag ich es über mein Gesicht, meine Brüste und meinen Bauch." Ich werde dich richtig vollspritzen. Beim ersten Mal genauso" sagte er und fuhr fort „und bei unserer zweiten spritze ich deinen Rücken und deinen sü-ßen Arsch voll." Kaum ausgesprochen schlug er kräftig auf meinen süßen Hintern. „Aua", sagte ich und packte ihn fest an seinem Schwanz. „Ich denke, du willst es hart" meinte er. „Ja klar" ich habe nur nicht mit einem so kräftigen Schlag gerechnet. „Mach was du möchtest mit mir, aber bitte fick mich jetzt" flehte ich ihn an. „Das mache ich so-fort." Er packte mich, trug mich auf die Terrasse und legte mich auf meine Liege. „Ich will hören, wie du kommst, meine Süße" sagte er noch und dann stieß er mit einem Mal seinen strammen Riesen-schwanz in meine kleine, enge Möse. Ich lag auf dem Rücken und meine Brüste begannen kräftig zu wippen. Mit jedem seiner Stöße wippten meine Brüste immer heftiger.

Er wurde immer geiler und ich auch, denn als er anfing mich auch zu küssen und meine Brüste zu massieren, konnte ich mich kaum noch zurückhal-ten. Ich saß auf ihm und er stieß immer kräftiger in mich hinein. Meine Brüste wippten und ich bekam im Rhythmus meines Ritts Schläge auf meinen klei-nen Arsch. „Ja, komm, fick mich durch" stöhnte ich hervor und legte meine rechte Hand auf seine Eier. Gleich danach begann ich ihn zu massieren. „Das ist geil, Süße" sagte er und nahm jetzt meine Backen fest in seine Hände und zog sie auseinander. Ich spürte wie sich meine Möse und mein Anus dehnten und dann hob er mich einfach hoch. Sein schöner, geiler Riesenschwanz flutschte aus meiner, vor Geilheit, tropfenden Möse und er sagte „Los, hock dich hin. Ich will meine Sahne in dein Gesicht und deinen Mund spritzen."

Gerade hatte ich mich hingehockt, da kam er und er kam gewaltig. Meine Haare, mein Gesicht, mein Hals und auch meine Brüste hatte er vollgespritzt. Weil er mich so geil genommen hatte, leckte ich jetzt noch sein Spritzloch und seine Eichel sauber. Er streichelte über meinen Kopf und sagte „Du bläst so geil wie du fickst. Ich freue mich schon darauf, dir auch gleich noch deinen süßen, kleinen Arsch zu füllen." Ich stöhnte noch immer. „Komm lass uns gemeinsam duschen. Danach darfst du dich um meinen Hintern kümmern." Ich packte ihn an seinem etwas schlaffer gewordenen Schwanz und er packte meinen Arsch und wir gingen zusammen ins Bad.

So geil hatte ich auch schon lange nicht mehr geduscht ging mir so durch den Kopf, als er sich vor mich hockte und damit begann meine Möse zu lecken. Nachdem wir uns gegenseitig ein wenig abgetrocknet hatten, nahm er mich in seine Arme und hob mich hoch. Ich schlang meine Beine um seine Hüften und so trug er mich jetzt ins Schlafzimmer.

„Das ist ein geiler Anblick" sagte er, als er mich in meinem Großen Wand- und Deckenspiegel betrachtete. „Ich bin gespannt, wie geil es ist und wie geil es aussieht, wenn du gleich meinen süßen Hintern besamst" sagte ich zu ihm. „Das wirst du gleich wissen, meine Süße" sagte er. Ich streckte ihm meinen Arsch entgegen und wartete was er jetzt alles mit mir machen würde.

Er hockte sich hinter mich, legte seinen Oberkörper auf meinen Rücken und begann meine Brüste zu streicheln. Zunächst sanft und zärtlich um in kreisenden Bewegungen um meine Nippel herum. Am Ende nahm er meine Nippel zwischen seine Finger und zog sie lang. „Aua", sagte ich. „Du willst es doch hart" erwiderte er und gab mir auch gleich noch einen Klaps auf meinen kleinen Hintern. Gleichzeitig zwickte er mir mit den Zähnen in mein Ohrläppchen. „Ja, nimm mich bitte und schieb deinen Riesenschwanz in meinen Anus" sagte ich. Er massierte inzwischen meine Brüste kräftig. „Aber erst wenn du ihn wieder schön geblasen und hart gewichst hast" sagte er zu mir und legte sich auf den Rücken. Ich nahm seinen Schwanz in die Hand und wichste ihn schön langsam, während meine Zungenspitze schon über sein Spritzloch fuhr. „Du machst mich geil, Süße" „Das will ich auch und ich will, dass du mich gleich hart

Anal nimmst, mein Süßer. Ich hatte schon ein paar Tage nicht mehr so einen schönen Schwanz wie deinen. Jetzt will ich auch, dass du meine drei Löcher so richtig ausfüllst mit deinem strammen Prügel." Als ich ihm das gesagt hatte, leckte ich nochmals über seine Eier und dann drehte ich ihm wieder meinen kleinen Arsch zu. „Du willst es und ich will es" sagte er schlug zweimal kräftig auf meine beiden Backen und dann stieß er seinen riesigen Schwanz in mein kleines, enges Loch. „Ah, aua, jaa, jaaa, oh ja, komm und fick mich" stöhnte ich noch. Mit der einen Hand packte er meine Hüfte und mit der anderen meine Haare, die sonst nur meine Brüste und meine Schultern bedeckten. Er hielt sie fest und zog daran, sodass mein Kopf nach hinten ging. „Na komm, du kleine Schlampe. Hat dich mein Kollege auch so geil gefickt oder ist es mit mir schöner?" „Du hast den größeren mein Süßer und darum will ich es von dir auch in meinem Arsch" entgegnete ich stöhnend. „Das macht mich noch geiler, wenn du so stöhnst du heißes Girl."

Neulich als ich dich auf deiner Terrasse nackt liegen sah, da dachte ich mit der würde ich auch gerne mal einen Tag oder auch nur ein paar Stunden verbringen. Und jetzt kann ich dich so hart nehmen, wie ich will.

Beim letzten Wort war der riesige Schwanz von ihm ganz in meinem kleinen Hintern verschwunden. Seine Stöße wurden immer kräftiger und auch immer schneller. Er hielt meine Haare noch immer fest in seiner Hand. Mit der anderen gab er mir immer wieder einen Klaps auf meinen Hintern. Die Stelle musste schon rot sein, aber es machte mich immer geiler. So stieß ich ihm meinen Arsch so doll es ging entgegen und er fickte im gleichen Moment seinen riesigen Prügel in mich hinein.

Plötzlich kam es mir gewaltig und kurz darauf zog auch er seinen harten Schwanz aus meinem Anus und spritzte bis zu meinem Kopf. Etwas von seiner Sahne ging auch auf meinen Rücken und auch meine Backen bekamen ein paar Tropfen ab. „So geil bin ich schon lange nicht mehr genommen worden" sagte ich noch etwas stöhnend zu ihm. „Und ich habe schon lange nicht mehr so ein geiles Girl wie dich durchgefickt." Er legte sich wieder auf den Rücken und ich lutschte seinen Schwanz und seine nicht mehr so dicken Eier sauber. „Das war zwar das erste Mal mit dir, aber Du darfst mich wieder mal ficken und mit mir ein paar geile Stunden verbringen" sagte ich zu ihm und küsste zum Schluss seine feuchte Eichel.

Der Tischler, seine neue Azubine und ich

Die große Hitze war erst einmal vorüber und ich konnte mich nicht mehr oben und/oder unten nackt auf meine Sonnenliege legen. Morgen kommt ein Tischler zu mir, der meine neue Schlafzimmertür einbauen möchte. Wie oft er kommt, werde ich probieren, wenn er mir gefällt. Denn es ist doch tatsächlich seit dem Elektriker kein Schwanz mehr für mich dabei gewesen und das seit immerhin fünf Tagen. Hinzu kommt, dass das Kopfteil meines Bettes nicht mehr ganz fest ist und der Lattenrost auch nicht mehr ganz neu ist. Vielleicht kann der Tischler das in Ordnung bringen.

Ich war inmitten von Gedanken, die sich mit der Zeit ab Herbst beschäftigen. Dann werde ich meine Doktorarbeit schreiben und so wie ich mich kenne schaffe ich das auch. Wenn ich mir etwas vorgenommen habe, bin ich nur schwer, oder besser gar nicht, davon abzubringen. Dabei ist es egal um welches Vorhaben es sich dreht.

Plötzlich klingelte mein Handy. Der Tischler war dran und ich dachte schon, er wolle mir absagen. Aber nein, er sagte mir, dass er morgen gegen 08.00 Uhr bei mir sein wird und dass er eine neue Kollegin, die Virginia, mitbringen wird. „Sehr gern" sagte ich und dachte die Stimme gefällt mir. Eine tiefe

Männerstimme und der Tischler war so etwa in meinem Alter schätzte ich. „Könnten Sie sich vielleicht auch gleich noch das Kopfteil meines Bettes ansehen? Die letzten Nächte waren schon geil und ich möchte das Bett doch gern noch eine Weile nutzen." „Auch sehr gern" sagte er wieder mit der tiefen Stimme. „Dann bis morgen um 08.00Uhr" meinte er und ich erwiderte „Ich freue mich auf ihre Hilfe."

Wenn der Tischler so ein Typ ist, wie seine Stimme erahnen lässt, kann er gern auch gleich seine Arbeit an meinem Bett in meinem Bett testen. Die kommende Nacht verging wie im Fluge, denn ich hatte gut geschlafen. Leider hatte ich vergessen mir den Wecker zu stellen, so klingelte mich der Tischler aus dem Bett. Ich hatte nur Hotpants an und zog mir schnell noch meinen Bademantel über, ging zur Tür und öffnete. Der Tischler war sehr groß und hatte eine sportliche Figur. Seine neue war etwas kleiner als ich, schlank und hatte rote, lockige Haare. Nachdem der Tischler in meine Wohnung gekommen war, lief sie mit einem Lächeln an mir vorbei und streichelte wie zufällig über meinen Hintern.

War das der Anfang eines Dreiers? Ich hätte nichts dagegen, dachte ich mir. Ich leckte über meine Lippen und gab Virginia einen sanften Klaps auf ihren Po, der scheinbar auch wohlgeformt war. Jedenfalls versprachen das ihre Jeans, die ihre Figur mehr betonte, als sie zu verhüllen. Aber ein Verhüllen hatte sie keineswegs nötig. Obenrum trug sie ein bauchfreies zartgelbes Top. Ganz sicher hatte auch sie keinen BH an, denn ihre Nippel waren deutlich erkennbar.

„Ich werde als erstes die Tür aushängen und nach draußen bringen" sagte er. Ich dachte mir, da bin ich mal gespannt, denn die Tür hat ja ihr Gewicht und zumindest die eine Treppe bis zum Aufzug muss er damit runter. Er nahm die Tür, als sei das gar nichts und lief los. Seine starken Oberarme waren es, die ich zuvor noch nicht gesehen hatte. Mein Blick ging erst in sein Gesicht und nachdem er an mir vorbei war, schaute ich auf sein Hinterteil. Es war sehr gut geformt und er roch so gut, ich hätte ihn am liebsten gleich geküsst.

So lief ich in das Schlafzimmer, wo Virginia schon die Matratze und den Lattenrost herausgenommen hatte. Sehr schnell hatte sie den Fehler gefunden und setzte neue Holzdübel in Kopf- und Fußende. „Jetzt ist der Lattenrost wieder fest" sagte sie zu mir. Das Kopfende bekam noch zwei neue Beine und schon war das Gestell wieder fast wie neu. „Probieren Sie es mal" sagte Virginia zu mir. Ich ging zu ihr hin, gab ihr einen Kuss auf die

Wange und dann legte ich meinen Arm um ihre Hüfte. „Du, ich darf dich doch duzen, bist auch gut gebaut. Hast du schon mal mit ihm?" Virginia schaute mich ein wenig verwundert an, war aber sofort auf meiner Wellenlänge und sagte „Ja, na klar. So einen Süßen lasse ich mir doch nicht entgehen. Wenn du magst, bekomme ich ihn ganz schnell geil und wir starten einen Dreier in deinem Bett." „Hast du geahnt was ich denke" fragte ich sie. „Das war nicht schwer, ich bin auch eine Frau, die gern etwas hartes zwischen den Schenkeln hat" sagte sie zu mir und schob meine Hand vorn in ihre Hose. „Du hast ja nix drunter" sagte ich. Da zog sie meinen Bademantel auseinander und zog mir sofort meine Hotpants aus. „Mach den mal wieder zu" sagte Virginia zu mir und streichelte über meinen Busen. Ich war kaum noch zu halten und schob ihr Top nach oben und küsste ihre Nippel, die auch schon vor Geilheit standen.

Inzwischen war die neue Tür wieder im Rahmen und ich hörte, wie er sie schloss. „Komm mal, Mike. Wir haben hier noch ein Problem" rief Virginia. „Was ist denn" fragte Mike und kurz darauf war er im Schlafzimmer. Virginia hatte ihr Top ausgezogen und deutete auf ihre stehenden Nippel. „Du bist ja schon wieder geil" sagte er. „Wir können doch nicht hier bei unserer Kundin." „Doch ihr könnt und ich bin übrigens Lena" sagte ich, stand auf sah ihn an und ließ meinen Bademantel nach unten rutschen.

Völlig nackt ging ich auf ihn zu und griff ihm in seinen Schritt. „Die Beule in deiner Hose ist doch sicher nicht von deinem Autoschlüssel." „Nein, bei dem Anblick und deinem Griff steht er ganz schnell." „Ich möchte ihn auspacken" sagte Virginia und schon stand sie neben mir, gab mir einen Klaps auf meine Backen und dann hockte sie sich vor ihn, zog ihm die Hose runter und nahm den prallen Schwanz in ihren Mund. Ich sah den beiden erst ein wenig zu und dann stellte ich mich hinter ihn und packte seine Arschbacken. Dann flüsterte ich ihm ins Ohr „Du hast nicht nur einen schönen Schwanz, du bist auch sonst gut gebaut. Virginia ist schon geil auf dich und ich kann sie sehr gut verstehen. Wir werden dich gleich beide beglücken und ich hoffe, dass du uns zwei so richtig hart nimmst. Ich mag nämlich keinen Blümchensex, wenn du verstehst, wie ich das meine." „Na klar verstehe ich dich" sagte Mike und stieß seinen prallen in Virginias Mund. Danach zog er ihn raus und hob Virginia wieder hoch. Jetzt war sie mit ihrem Gesicht genau vor seinem. Ihre Zungen umspielten einander bei dem Kuss, der nun folgte. „Ich möchte, dass du Lena so heiß leckst, dass ich ihr Stöhnen hören kann" sagte Mike zu Virginia. Die beiden Frauen gingen ins Bett und Virginia begann meine Möse zu lecken. „Du machst das gut" sagte ich zu ihr und spreizte meine Beine so weit, dass sie mich richtig lecken konnte und nicht nur ein bisschen. Nun umkreiste ihre Zungenspitze meine Lustperle und je heftiger sie leckte, je praller wurde mein Kitzler. Es dauerte nicht lange und ich stöhnte „ich will aber auch gefickt werden." „Ja du bist gleich dran" sagte Mike zu mir und stieß seinen harten Schwanz in Virginias Möse. „Los leck weiter" meinte Mike „ich will euch beide stöhnen hören." Virginia verwöhnte meine ausgehungerte Möse noch mehr und ich konnte nur noch meine Geilheit herausstöhnen „leck mich, du machst das so geil, meine Süße." „Ja" stöhnte Virginia, bekam einen Klaps auf ihren Hintern und selbst ich spürte noch, wie hart Mike sie fickt." Kurz bevor Mike kam, zog er seinen Schwanz aus Virginias Möse und spritzte in ihr Gesicht und auf ihren Busen.

„So geil möchte ich auch gleich genommen werden" sagte ich zu Mike. „Dich werde ich in deinen nassen Nasse Möse und deinen Arsch ficken." „Oh, ja das ist auch geil und dein Schwanz wird mich bestimmt gut ausfüllen." „Da kannst du dir sicher sein, Süße" erwiderte Mike. „Zuvor würde ich aber gern mit Virginia duschen. Sie macht mich dabei gleich wieder geil, wenn sie meinen Schwanz wäscht und wichst." „Das klingt gut, ich mache uns inzwischen einen kühlen Drink. Den können wir trinken und danach kommen wir beide."

Mike und Virginia gingen in meine Dusche und während ich die drei Drinks fertigmachte, fragte ich mich, was ich hier eigentlich tue. Klar wollte ich das der Tischlermeister mich nagelt, aber dass es so ein geiler Vormittag werden würde, hätte ich nicht gedacht. „Au" hörte ich aus dem Bad. „Was hast du, ich versohle dir doch nur deinen süßen Arsch." „Ja, ich weiß, aber kannst du damit nicht warten, bis du auch Lenas Arsch bekommst?" „Könnte ich, aber warum sollte ich das tun" fragte Mike. Danach hörte ich nichts mehr aus dem Bad und nach einem kurzen Moment standen beide nackt vor mir. Virginia gab mir jetzt einen Zungenkuss und Mikes Hand spürte ich auf meinen Backen. „Erst die eine, dann die andere" sagte Mike. Ich lächelte ihn an, leckte über meine Lippen und sagte „Prost." Wir drei stießen an und nach dem ersten Schluck kam Mike wieder zu mir, zog mir mein Shirt aus, drückte mich an sich und rieb meine vor Sehnsucht nach einem prallen Schwanz schon ganz nasse Möse.

„Du bist ja schon nass, Lena" meinte er. Komm wir beide werden jetzt die Festigkeit deines Bettes testen. Ich legte meinen Arm um seine Hüfte, er

36

gab mir noch einen kräftigen Klaps auf meinen Arsch und dann gingen wir, gefolgt von Virginia in mein Schlafzimmer. Kurz bevor wir vor meinem neu gemachten Bett standen, packte mich Mike und hob mich an. Danach warf er zuerst mich aufs Bett und danach ließ er sich neben mich fallen. Seine kräftigen und großen Hände packten schon wieder mein Hinterteil zog meine Backen weit auseinander „Schau mal, Virginia meinst du, dass ich Lena die beiden Löcher stopfen könnte?"

„Na klar, antwortete Virginia sofort." „Ach so, ich dachte du nimmst alle drei Löcher von mir" sagte ich zu Mike. „Ich möchte deinen harten Schwanz überall spüren und wenn du mir auch noch meinen Arsch versohlst, werde ich deinen Schwanz schön blasen. „Dreh dich um" sagte Mike zu mir. Kaum hatte ich ihm und mir den Gefallen getan, begann er zunächst vorsichtig auf meinen Hintern zu hauen. „Komm schon, hau richtig drauf" sagte ich zu ihm und danach spürte ich die Kraft in seinem Arm und seiner Hand. „Au, Aaahhh, Jaaaa, Aua, Oh ja, Oh jaaa" stöhnte ich unter jedem seiner immer härter werdenden Schläge. „Dein süßer Arsch wird rot, Lena" sagte er zu mir.

„Steh auf, Mike, ich werde mich vor dich hocken und deinen Schwanz in meinen Mund nehmen und ihn blasen." Das ging sehr schnell und Mike stand vor mir, wenn auch gleich zweimal. Einmal er, einmal sein Prachtexemplar von Schwanz. „Komm ich will in deinen Mund spritzen, also nimm ihn schön tief" sagte er und stieß ihn in meinen Mund. Man ist der groß, dachte ich noch und schon packte Mike meinen Kopf hielt ihn fest und stieß seinen harten Schwanz immer schneller in meinen Mund. Mit einem lauten stöhnen kam er und er spritze eine riesige Ladung ab. Ich lutschte ihn schön sauber und als ich fertig war packte er mich wieder und warf mich aufs Bett. Anschließend spreizte Mike meine Oberschenkel und begann meine noch immer nasse Möse zu lecken. „Du schmeckst gut, Süße. Ich will dich …" und schon hatte ich seinen Schwanz in mir. „Du bist ja ein geiler Stecher" sagte ich zu ihm. „Oh, ja das ist er" sagte Virginia und setzte sich auf meinen Mund. „Wenn er mich fickt, ist das immer geil" fuhr sie fort. Aber jetzt darfst du meine Muschi lecken, damit sie genauso nass wird wie deine Möse. „Und du, Mike kannst nachher unsere beiden Ärsche ficken." Das ist ein richtig geiler Tag, stöhnte ich und dann hatte ich wieder Virginias Muschi auf meinen Lippen. Meine Zunge fuhr in sie hinein und Mike fickte mich. Virginia begann immer lauter zu stöhnen, was Mike immer geiler werden ließ. „Los" sagte Mike „jetzt will ich eure Ärsche ficken. Dreht euch um und zeigt mir, was ihr zu bieten habt." Virginia und ich drehten uns um und reckten ihm unsere Backen entgegen. Zwei kräftige Schläge zuerst auf meinen und danach auf Virginias Arsch. Mike spuckte auf meinen Anus und schon hatte ich seinen prallen Schwanz in meinem kleinen Loch. „Komm, fick mich und mach es mir richtig" sagte ich zu ihm und er stieß seinen harten Prügel in mich hinein. Ich stöhnte noch einmal laut und dann ergoss sich seine Sahne auf meinem Rücken und auf meinen Arschbacken.

„Jetzt bist du dran" sagte Mike zu Virginia und noch ehe sie etwas erwidern konnte, hatte Mike schon wieder einen steifen Schwanz, den er bis zum letzten Millimeter in ihrem Arsch verschwinden ließ. „Komm fick mich und hau auf meinen Arsch, das macht mich noch geiler" stöhnte Virginia hervor. Im geilen Rhythmus begann Mike damit den Arsch von Virginia zu versohlen und das Klatschen seiner Hand auf ihren Arschbacken machte mich wieder geil. Ich strich über seinen Rücken und dann streichelte ich ganz sanft seine Eier. Es dauerte nicht lange und er begann zu stöhnen. „Na los, besorg es der kleinen geilen Schlampe" sagte ich laut zu Mike. Dafür bekam ich einen Schlag auf meinen Arsch, aber nicht von Mike, sondern von Virginia. „Ich bin keine kleine Schlampe, ich bin eine große Schlampe" sagte sie zu mir und schlug noch einmal drauf. „Aua", sagte ich zu ihr. Dann stellte ich mich hinter Mike und drückte mich ganz eng an seinen Rücken, sodass er meine stehenden Nippel im Rücken spüren und meine Hände seine Lenden streicheln konnten. Mit einem Mal kam es Mike und Virginia so heftig, dass beide fast zeitgleich laut aufstöhnten.

Am Ende ging er zuerst und danach wir zwei in die Dusche. „Vielleicht können wir das nochmal wiederholen, wenn du LUST hast" sagte Virginia zu mir. „Sehr gern" antwortete ich. Mike war schon angezogen und auch Virginia zog sich wieder an. „Die Rechnung, die du schon mehr als halb abgefickt hast bekommst du in den nächsten Tagen" sagte Mike grinsend zu mir und gab mir noch einen Klaps auf meinen immer noch nackten Arsch und dann gingen beide zum Auto.

Der Zimmermann und seine Zunge

Es gibt fast nichts, was ich beim Sex noch nicht erlebt habe. Manches wurde für mich auch erst nachahmenswert, nachdem ich gesehen oder auch gehört habe, wie gewaltig meine Freundinnen dabei kamen. Manchmal war ich nur im Nebenzimmer und hatte Mühe nicht an mir selbst zu spielen. Hin und wieder saß ich auf der Terrasse und hörte wie geil gefickt wurde. Selten war ich die, die auch rangenommen wurde und dabei meine drei Löcher gestopft bekam. Einiges davon können Sie, liebe Leser*innen auch in meinen anderen Büchern nachlesen.

Mein süßer Arsch wurde schon kräftig versohlt, Klammern mit Gewichten hatte ich schon an meinen Brüsten, dicke Schwänze haben schon in meinen Mund und auch in meinen Anus gespritzt, lange Schwänze hatte ich schon tief in meinem Mund, gefesselt an Händen und Füßen wurde ich schon gefickt und an Örtlichkeiten war schon beinahe alles dabei. Am Strand, im Kino, in der Umkleidekabine, im Bus, in der Bahn, im Wald, im Auto und im Lkw, auf dem Fuß – und auf dem Dachboden, in der Dusche, in der Wanne im Whirlpool und natürlich auch im Bett wurde ich, manchmal sehr hart rangenommen. Jedes Mal bin auch ich auf meine Kosten gekommen und bei einem Orgasmus ist es nur sehr selten geblieben.

Neulich ist mir der Zimmermann auf der Baustelle bei meiner Freundin Angelique aufgefallen. Jedes Mal, wenn ich dort vorbeilief, zog er mich mit seinen Blicken aus, wobei er sich genüsslich über seine Lippen leckte. Er war gut gebaut und ich war mir ziemlich sicher, dass er auch einen größeren

Hammer hatte als den kleinen, den er gerade in seiner Hand hielt.

Wenn ich das nächste Mal bei Angelique bin, muss ich sie mal fragen ob sie schon einmal etwas mit ihm angefangen hat, denn aufgefallen ist er ihr doch ganz sicher.

Angelique ist sehr schlank, hat kleine Brüste mit großen Brustwarzen. Ihren Po steckt sie in Kleidergröße 34 und sie ist fast komplett rasiert. Fast heißt, dass ein schmaler Streifen oberhalb des Kitzlers an Haaren stehen bleibt. Diese Haare sind immer kurz und da sie rothaarig – und immer geil – ist, tragen die Locken auf dem Kopf und ihr schmaler Mund auch noch dazu bei, dass die Männerwelt sehr gern da ist, um sie zu befriedigen. Unterwäsche trägt sie auch sehr selten und wenn, dann nur einen String der mehr hervorhebt als er verdeckt. Denn zeigefreudig ist meine Freundin auch.

Ein paar Tage später rief mich Angelique an und lud mich in eine Bar ein, in der wir schon öfter mal zusammengesessen hatten und die oft der Beginn von ein paar geilen Stunden mit dem einen oder anderen Typen waren. Natürlich stylte ich mich heute auch wieder etwas aufreizend. Obenrum zog ich meine weiße Bluse an, die auf beiden Schultern durchsichtig ist. Einen BH möchte ich sowieso nicht anziehen, was die meisten Männer auch sehr gut finden. Schließlich kommen sie so schneller an meine Brüste und wenn mir ein Typ gefällt, dann will ich auch, dass er meine Brüste küsst und vielleicht auch kräftig massiert. Dann dauert es nicht lange und meine Nippel stehen vor Geilheit. Ich schweife schon wieder ab mit meinen Gedanken, merke ich gerade. Da es noch immer sehr warm ist, werde ich wohl meine kurze rote Jeans anziehen. Beim Anziehen bemerke ich, dass ich wohl abgenommen habe, denn mein Po kommt darin gar nicht mehr so richtig zur Geltung. Also switche ich um und nehme die ganz kurze pinkfarbene Shorts. Ein Blick in meinen Spiegel sagt mir, dass ich so losfahren kann.

Ich hatte Glück und bekam ganz in der Nähe der Bar einen Parkplatz. Zurück werden wir beide wohl wieder ein Taxi nehmen, denn Alkohol und Lenkrad gehören bei uns beiden nicht zusammen. Ich betrat die Bar und Angelique saß schon da. Sie trug eine gelbe Bluse und einen hellgrünen Mini. Ihre schönen langen Beine würden wohl wieder einer der Eyecatcher für die Männerwelt werden. Wir begrüßten uns und bestellten jede einen Longdrink. Wir sprachen über alles Mögliche und bemerkten, dass ein paar Tische weiter zwei Männer auf uns aufmerksam wurden.

Angelique ließ ein Päckchen Taschentücher fallen und sagte zu mir: „Ich werde mich mal bücken und den beiden meinen Hintern entgegenstrecken. Schau mal was die beiden dann machen." Gesagt, getan da kennt meine Freundin nichts. Nicht nur, dass sie sich mit gestreckten Beinen bückte, sie wackelte auch noch mit ihrem Arsch und die Blicke der beiden Männer betrachteten Angelique sehr genau. „Die beiden zogen mich ja gleich völlig aus" sagte Angelique und ich nickte nur zustimmend. Es dauerte nicht lange, da standen die beiden an unserem Tisch und fragten, ob sie sich zu uns setzen können. Wir beide schauten uns kurz an und dann sagte Angelique, dass sie sich gern setzen können. Jetzt heizten wir den beiden richtig ein und die Blicke wurden immer geiler und die Hände der beiden gingen an unseren Oberschenkeln immer weiter nach oben. Plötzlich stöhnte Angelique einmal leise und auch ich merkte wie seine Finger an meiner Möse spielten, denn ich hatte auch keinen Stringtanga angezogen. „Kommt mit sagte der eine, wir wohnen hier in der Nähe in einem Hotel. Da könnten wir vier noch einen Absacker trinken und dann zu zweit in zwei Zimmer gehen." Nachdem er das ausgesprochen hatte, schob er seine Zunge gegen seine Wange. „Soll ich dich dann als Zimmermann nehmen oder ist dir der Inhalt meiner Hose wichtiger, Süße?" fragte er mich. Ich hauchte ihm ins Ohr, das ich bis zu meinem Orgasmus von ihm geleckt werden will, danach könnte er mich auch in meine drei Löcher ficken.

Angelique ließ es sich nicht nehmen ihren Typen schon mal im Taxi zu testen und griff in seinen Schritt. „Die Beule gefällt mir" flüsterte sie ihm ins Ohr. „Dein süßer Arsch gefällt mir auch" sagte er so laut, dass auch der Taxifahrer es hörte und ein wenig rot wurde. Kurze Zeit später waren wir am Hotel angekommen und stiegen aus. Angelique ging mit ihrem Typen ein paar Schritte vor uns und mit einem Mal klatschte seine große, starke Hand auf ihren Hintern. Noch ehe ich mich versah, schlug die Hand von meinem Zimmermann auch auf meinen Arsch. „Das wird ganz sicher ein geiler Abend" sagte ich und Angelique drehte sich zu uns um und meinte „vielleicht ja nicht nur EIN Abend." Rein ins Hotel, in den Fahrstuhl und dann ging Angelique mit ihrem Typen in sein Zimmer und der Zimmermann trug mich in sein Zimmer, die beide nebeneinander lagen. Er hatte mich noch im Flur geküsst, dass ich vor Geilheit meine Arme um sein Genick schlug. Er griff gekonnt nach meinem Hintern und hob mich so hoch, dass ich meine Beine um seine Hüfte legen konnte. Bevor er mich im Zimmer wieder abgesetzt hatte, flüsterte er mir ins Ohr „Ich werde dich lecken bis du kommst und dann möchte ich deine drei Löcher mit meinem Schwanz stopfen und dich ficken." Ich stand kaum wieder auf dem Boden, da griff ich ihm in seinen Schritt und sagte „ich freue mich drauf, denn ich bin schon fast eine ganze Woche nicht mehr genommen worden, also fick mich bitte schön hart."

Erst zog er sich aus und danach begann er mich auszuziehen. Zunächst mit den Augen, indem er zu mir sagte, dass ich mich ganz langsam drehen soll, damit er mich betrachten kann. Er stand zuerst vor mir und sah mir ins Gesicht. Nach und nach ging er immer weiter in die Hocke. Vorbei an meinen Brüsten, meinem Bauch, meinem Hintern und meiner, immer feuchter werdenden Möse und schließlich an meinen nackten Beinen herunter. Am Ende legte er sich auf den Boden und sah nach oben, wobei er sich meine Kurven genau zu betrachten schien. Dann stand er wieder auf. Als erstes öffnete er meine knappen Shorts und als er sah, dass ich nichts drunter trug, küsste er meine Möse und meine Backen. Mit dem Küssen ging sein Gesicht immer weiter nach oben. Er bedeckte meine Hüfte mit Küssen und da ich mich weiter drehte war er ganz schnell an meinem Bauchnabel angekommen. „Bleib so stehen" sagte er mit einem Mal zu mir. Ich blieb stehen und er begann ganz langsam,

Knopf für Knopf, meine Bluse zu öffnen. Dann streifte er sie mir ab und ich war komplett nackt. Er hockte sich wieder hin und drückte seine feste Zunge gegen meinen Bauchnabel. Danach kam er langsam wieder hoch und ich drehte mich dabei wieder. Als er an meinen Brüsten angekommen war sagte er wieder „bleib so stehen, Süße." Ich blieb so stehen und er küsste meine Brüste und leckte über meine immer steifer werdenden Nippel. Als sie hart waren, begann er sie kräftig zu massieren und küsste dabei zuerst meinen Hals und dann meinen Mund. Ich spürte, wie er seine Zunge ganz tief in meinen Mund schob und wie seine Hand nach unten zu meiner Möse ging. Er rieb ein paar Mal über meine geile feuchte Spalte und dann schob er mir zwei Finger hinein. Ich stöhnte einmal und er sagte „langsam, Lena du wirst nachher noch mehr und noch lauter stöhnen. Das will ich hören und erst wenn du gekommen bist, werde ich aufhören, dich mit meiner festen Zunge zu verwöhnen, du geiles Luder." Bei diesen Worten wurde ich noch geiler und konnte es kaum erwarten, dass er mich zum Höhepunkt lecken wird.

Ich legte wieder meine Hände in seinem Genick übereinander und er griff mit seinen Händen meine Backen. Als er mich hochgehoben hatte, schmiegte ich meine Beine um seine Hüfte und presste mich ganz eng an ihn, wobei ich sofort die große Beule in seiner Hose bemerkte. Offensichtlich hatte er nicht nur eine gefühlvolle Zunge, sondern auch einen riesigen Schwanz. Bei dem Gedanken, wie er mich gleich mit seiner Zunge verwöhnen und danach mit diesem geilen Schwanz meine drei Löcher füllen würde, wurde ich noch geiler. Ganz behutsam legte er mich auf sein Bett.

Ich entdeckte gerade die beiden Spiegel. Einen über und den anderen neben dem Bett. Als er begann sich auszuziehen, konnte ich meinen Blick nicht von ihm abwenden. Er hat einen sehr muskulösen Oberkörper, eine schlanke Taillie und einen festen Knackarsch. Als er sich umdrehte, sah ich seinen riesigen Schwanz. Er sah und hörte mein stöhnendes Staunen. „Ist der dir zu groß, Süße" fragte er und ohne nachzudenken antwortete ich „er kann mir nicht zu groß sein, denn ich mag es, wenn ein Mann mich richtig ausfüllen kann." Dass er es konnte, daran gab es für mich keinen Zweifel.

„Leg dich auf den Rücken und entspann dich" sagte er nun zu mir und begann meine Füße zu streicheln, zu lecken und zu küssen. Ich schloss meine Augen und konzentrierte mich nur auf die Berührungen durch seinen Mund und seine Hände. Sein Mund folgte seinen Händen, mit denen er begann, meine Beine zu spreizen, während er meine

Waden mit Küssen bedeckte. Als seine Hände an den Knien waren, drehte er seine Hände und fuhr nun ganz langsam mit den Fingerspitzen an den Innenseiten meiner Oberschenkel entlang. Sein Mund bewegte sich genau der linken Hand folgend immer weiter zu meiner Möse hin. Er küsste meine Schamlippen, die er zuvor ein wenig gespreizt hatte. „Aaahhh, Jaaa" stöhnte ich und dachte das e nun beginnen würde mich zu lecken. Aber genau das tat er nicht. Sein Mund ging zu meinem rechten Knie, um auch meinen rechten Oberschenkel mit Küssen zu bedecken. Als er wieder an meiner, immer nasser werdenden Möse ankam, küsste er sie wieder und schob seine Zunge etwas in mich hinein. Das machte mich noch geiler, als ich ohnehin schon war. Ich ahnte, dass er es schaffen würde, mich bis zum Orgasmus zu lecken.

Als er mich bat, meine Kniekehlen zu greifen und diese zum Kopf zu ziehen, tat ich dies sofort. Er leckte zweimal über meinen Anus und danach kam meine Möse wieder dran. Ich hielt meine Beine gespreizt und ihm mein geiles, enges Loch entgegen und genoss was jetzt kommen würde. Wie vorhin zog er meine Schamlippen auseinander und leckte mit seiner festen Zunge meine Möse.

Gleich danach kümmerte er sich um meinen geilen Kitzler, der wie eine harte Perle war. Gefühlvoll saugte er an ihm und zog ihn ein wenig in seinen Mund. „Aaahhh, Oooh, Jaaaa Du leckst ja noch geiler als ich gedacht hätte" stöhnte ich hervor. Meine Hände glitten über meine Brüste und hin und wieder griff ich ganz fest in das weiche und bequeme Kissen unter meinem Kopf.

Gerade hatte ich das wieder getan, da hörten wir Angelique beim Lauten Stöhnen. Offensichtlich wurde sie gerade so gefickt, wie es ihr selten mit den Typen passiert. Aber in dieser Nacht würde sie wohl höchstens vor Lust und Geilheit die Augen schließen. „So will ich auch dich stöhnen hören, wenn dich die Geilheit übermannt und es dir kommt. Und ich will deinen Lust Saft aus deiner nass geleckten Möse haben, meine süße Lena." Das Stöhnen von Angelique wurde immer lauter und machte nicht nur mich noch geiler, sondern auch den Zimmermann, der mich mit seiner Zunge so sehr verwöhnte, wie ich schon lange nicht mehr geleckt worden bin. Mein Kitzler war inzwischen zu einer kleinen Perle geworden und meine Schamlippen hatte er noch weiter gedehnt. „Stecke mir bitte deine Finger rein, mein Süßer" stöhnte ich. „Warte noch meine Süße, ich will dich mit meiner Zunge zum Höhepunkt bringen und mir scheint, dass dieser nicht mehr weit entfernt ist." Sein Gefühl trügt ihn nicht, dachte ich noch bei mir, denn auch ich bemerkte, wie ich immer nasser und geiler wurde. „Jaaa, Oooh, aah, jaaa, jaaa, bitte fick mich nachher so geil wie du leckst. Ich kommeeeee" schrie ich ganz laut und dann explodierte ich gewaltig. Mein Atem ging schnell und mein Herz schlug in einem schnellen Rhythmus.

Er leckte meine patschnasse Möse und massierte mir dabei meine Brüste. Wir lagen irgendwann nebeneinander und ich hatte mein Bein über seine Beine gelegt, meine Möse presste ich gegen seinen hammergeilen Schwanz und meine Brüste drückte ich gegen seine harte Männerbrust. Er streichelte mich überall und so dauerte es nicht lange, bis ich wieder geil wurde. Sein Schwanz war riesig, hart und steif. „Bitte fick mich und füll meine Löcher, und zwar alle drei. Deine Sahne will ich auf meinem Bauch und meinen Brüsten" sagte ich zu ihm und er antwortete „dann blas ihn mal schön, Süße damit er auch richtig hart ist, wenn ich ihn in deinen Mund, deine Fotze und deinen kleinen süßen Arsch stoße."

Dreilochfick mit dem Zimmermann

Ich hatte seinen Schwanz an jedem Punkt so lange mit meinen Händen und meinem Mund bearbeitet, dass die ersten seiner Lusttropfen zu sehen und zu schmecken waren. „Jetzt will ich von dir gefickt werden, mein Süßer" sagte ich zu ihm.

Er nahm mich in seine Arme, hob mich hoch und legte mich sehr behutsam auf das Bett. Dabei streifte meine Hand, wie zufällig, über seinen harten, riesigen Schwanz. Seine Eichel fühlte sich sehr feucht an. Kaum lag ich auf dem Rücken vor ihm, packte er mich mit seinen kräftigen Händen und drehte mich auf den Bauch. Zwei kräftige Schläge auf meinen kleinen Arsch und dann hob er mein Becken an. Als er meine Möse direkt vor seinem geilen Schwanz hatte, stieß er kräftig hinein. „Ah, Aaahhh, ja komm fick mich" flehte ich ihn stöhnend an. „Ich werde dich ficken, du kleine geile Bitch." Klatsch, schon hatte er wieder auf meine Backen gehauen. „Aua", sagte ich. „Tu nicht so, als ob dich das nicht noch geiler machen würde" sagte er zu mir, um sofort wieder drauf zu schlagen.

„Was machst du da" fragte ich und er antwortete „ich ziehe ihn raus, damit ich deinen Arsch durchficken kann, du geiles Stück." Irgendwie machte mich diese Art zu reden tatsächlich an. „Na los, dann stoße ihn in meinen Anus. Das hatte ich kaum ausgesprochen, da packte er mit der einen Hand meine langen Haare, die seit ein paar Wochen bis zu meinem Hinterteil gingen, zog sie zu sich und stieß seinen geilen Schwanz in meinen Anus.

Der Rhythmus, in dem ich gefickt wurde, wurde immer schneller. „Gleich komme ich" stöhnte er und zog ihn aus meinem Arsch. So flink und geschickt er mich vorhin umgedreht hatte, so flink ging es auch jetzt wieder. „Komm, gib mir deine Ficksahne" stöhnte ich und dann entlud er sich auf meinem Bauch, meinen Brüsten, ja sogar bis in mein Gesicht spritzte er ab. Danach legte er sich auf den Rücken und ich legte mich direkt auf ihn. So verteilte sich seine Ficksahne auf unseren Körpern.

Wir blieben noch eine Zeit so liegen und dann ging es in die Dusche. Er duschte mich und ich ihn. Am Ende wichste ich nochmals seinen Schwanz und er spritzte mir zum Dank noch eine geile Ladung in mein Gesicht. Nachdem ich mein Gesicht gesäubert hatte, verließen wir die Dusche.

Er zog sich an und ging zur Tür. „Wir sehen uns doch wieder?" fragte ich ihn. „Na klar Süße" antwortete er mir und gab mir zum Abschied einen langen Kuss und noch einen Schlag auf meine Backen. Ich juchzte vor Glück und freue mich jetzt schon auf unser Wiedersehen.

Der Landschaftsgärtner

Der letzte Sommer war sehr heiß und ich musste so einige Male dafür sorgen, dass die Sträucher und Blumen in meinem Garten auch genug Wasser bekamen. Bei meinem großen Garten ist das immer eine zeitaufwendige Angelegenheit und ich hatte mich zu einer Beregnungsanlage entschlossen. Diese würde immer per Zeitschaltuhr gesteuert, den vorderen Teil des Gartens bewässern, sodass ich nur noch hinten den Rasensprenger und den Schlauchregner an – und abstellen brauchte. Das wird mir viel mehr Zeit für so einiges bieten. Mir fällt da sofort meine Hollywoodschaukel ein, auf der ich mich endlos sonnen kann. Natürlich oben ganz ohne und unten nur mit einem kleinen Höschen bekleidet. Oder ich könnte morgens länger im Bett bleiben und wenn ich nicht allein war, mich morgens, noch vor dem Duschen, ficken lassen und das ganz ohne Zeitdruck. Mir fallen da noch viele Sachen ein, die ich dann tun kann, wenn ich mich sonst um den Garten kümmern müsste. Um die Pflanzenpflege kümmert sich mein Nachbar, der sich auch gern mal um mich kümmerte, wenn ich zu lange ungefickt und traurig durch die Straßen lief oder fuhr.

Den Landschaftsgärtner, der nachher kommen und mit mir erstmal alles durchgehen möchte, hatte mir mein Nachbar empfohlen. Ich bin mal gespannt, was das für ein Typ ist und ob er nicht nur durchgehen, sondern mich auch durchficken kann, wenn er mir gefällt. Vielleicht lässt sich so auch gleich noch etwas am Preis machen. Ich hatte es mir im Garten bequem gemacht und wartete jetzt nur noch auf den Gärtner, der in zehn Minuten bei mir sein müsste. Bekleidet war ich mit meinem pinkfarbenen Sommerkleid, welches vorn einen sehr tiefen Ausschnitt hat und hinten komplett rückenfrei ist. Meinen Po und meine Möse bedeckt es gerade so. an meinen Füßen trug ich Flipflops. Meinen Blick hatte ich zum Gartentor gerichtet, denn dort müsste er jeden Moment ankommen. Kaum hatte ich meine Beine mal übereinandergeschlagen schon stand da ein knackiger junger Mann. Sonnengebräunt und mit einer grünen Latzhose und einem Shirt bekleidet. Ich bin mir sicher, dass ich heute noch herausfinden werde, was er drunter trug und wie er gebaut ist.

„Komm rein, das Tor ist offen" rief ich ihm zu, als er klingeln wollte. Jetzt war ich doch ein wenig verwirrt, denn ich konnte mir nicht vorstellen, dass er mich hier nicht gesehen haben sollte. „Gern" rief er zurück und drückte die Klinke nach unten. Was hatte ich da gerade gerufen – komm rein – das war ja schon zweideutig, aber er hatte es entweder überhört oder einfach nur so zur Kenntnis genommen. Als er näher kam bemerkte ich sein Grinsen und gleich begrüßte er mich „Hallo, bist du Lena bei der ich mich um den Garten kümmern soll?" „Ja, die bin ich" und du kannst dich nachher auch noch um mich kümmern, dachte ich, denn schließlich bin ich schon drei Tage ungefickt.

„Ich gehe mal voraus" sagte ich zu ihm. So lief ich vor ihm und ich konnte fühlen, wie seine Augen mich ganz auszogen. Als ich meine Hüften noch etwas mehr Bewegte packte sein Blick meinen Arsch. „Hier sollte der Schlauch beginnen" erklärte ich ihm, nachdem ich mich hingehockt hatte. Gleichzeitig ging sein Blick auch dahin, aber noch mehr fixierte er mein Dekolleté. Ich stand wieder auf und nun hockte er sich vor mich. „Da muss ich schauen, ob ich den Wasseranschluss hierherbekomme. Haben Sie hier einen Wasserhahn" fragte er mich und ich antwortete „Ja, der ist im Haus knapp über dem Fußboden." „Können Sie mir den mal zeigen?" fragte er und ich sagte ihm, dass er mir nur folgen braucht. „Gut, dann komme ich Ihnen direkt hinterher" sagte er und wir gingen ins Haus.

„Sehen Sie, da unten ist er" sagte ich. „Alles klar, da komme ich heran." Er stellte seine große

Werkzeugtasche ab und legte sich auf den Boden. Das musste ich ausnutzen. Als er lag, ging ich einen Schritt auf ihn zu und fragte ihn, ob er etwas zu trinken haben möchte. Sein Blick war sofort an meiner Möse hängengeblieben und ich genoss es, ihn heiß zu machen. Vielleicht lässt sich nachher etwas beim Preis machen, dachte ich und ließ beim Weggehen wieder etwas mehr meinen kleinen Arsch wackeln. Als ich wieder zurück war, hatte er sich sein Shirt ausgezogen und ich bemerkte seinen muskulösen Oberkörper. Aus einem Wasserhahn, waren nun zwei geworden und die Leitung nach draußen hatte er auch schon fertig, dabei habe ich doch nur seinen Blick unter meinem Kleid bis zu meiner Möse freigemacht und ihm sein Wasser geholt.

„Ist Ihnen auch so warm wie mir" hatte ich ihn gefragt. „Oh, ja es tat gut mein Shirt ausziehen zu können" antwortete er mir. „Ich werde gleich nach draußen gehen und den Anschluss für das Rohr fertigstellen" fuhr er fort. „Dann begleite ich sie jetzt wieder in den Garten" entgegnete ich.

Er hockte sich hin und ich stellte mich genauso neben ihn, dass er ohne Schwierigkeiten unter mein kurzes Kleid schauen und dabei meine glatt rasierte Möse sehen kann. Er hatte das Rohr am Wasserhahn befestigt und als er nach oben schaute, streifte sein Blick meine feuchte Möse, die endlich mal wieder gefickt werden wollte. Er leckte sich über seine Lippen und sagte „Sie haben eine traumhafte Figur, aber das haben Sie bestimmt schon oft gehört" sagte er und schaute noch immer ganz gebannt unter mein Kleid. Der Blick ging an meinen Oberschenkeln hoch und runter. Als er wieder aufgestanden war und genau vor mir stand, küsste ich ihn auf die Wange, packte mit meiner rechten Hand in seinen Schritt und sagte „da ist ja ein richtig harter Schwanz. Der hat wohl auch schon lange nicht mehr dringesteckt." Er wurde kurz rot und sagte „vor vier Tagen das letzte Mal in einer engen Muschi von einer geilen rothaarigen. „Ich will, dass DU ihn nachher in meine Löcher steckst, und damit meine ich meine drei Löcher. Ich hoffe, dass du genug Sahne in deinen Eiern hast, denn ich will alles aus dir heraussaugen." Weiter konnte ich nicht reden, denn jetzt küsste er mich und schob zwei Finger in meine nasse Spalte hinein. Ich begann zu stöhnen und er fragte mich „bist du schon so geil, wie es sich anhört und anfühlt"? „Ja, stöhnte ich hervor. Meine Möse ist schon richtig nass, so wie du sie forderst." „Das klingt gut" antwortete er „dann will ich mal meinen dicken Schwanz in deine enge Spalte stoßen" fuhr er fort. Im gleichen Moment schob er seinen dicken, großen Schwanz in mich hinein und ich merkte, dass er mich tatsächlich ausfüllte. „Jaaa, komm fick mich durch" stöhnte ich. Seine Hände gingen über meine Brüste, meine Schultern, meine Arme bis zu meinen Handgelenken. Dort angekommen band er kurzerhand meine Handgelenke zusammen. Keine Ahnung, wo er das Band herhatte. Ich war auch viel zu geil, um darüber nachdenken zu wollen. Er zog seinen Schwanz aus mir heraus und sagte „Steh auf und stell dich hin." Meinen Oberkörper legte er auf den kleinen Tisch und so hatte er meinen Arsch vor sich. „Ich hoffe du stehst auf ein bisschen Soft-SM, denn ich werde dir jetzt deinen süßen Arsch versohlen, bevor ich ihn ficke" sagte er. „Oh ja, das mag ich" sagte ich. Er begann mir meinen Arsch zu versohlen und er war dabei nicht zimperlich. „Deinen Backen werden rot und du stöhnst immer lauter. Ich denke, es wird Zeit das ich dir meinen prallen Schwanz reinschiebe." „Ja, komm fick meinen süßen Arsch" sagte ich noch und schon spürte ich einen Schmerz. „Er ist zu groß für mein kleines Loch" sagte ich. „Jetzt bekommst du ihn ganz" sagte er und stieß ihn heftig in meinen Anus. Was ist das für ein geiler Kerl dachte ich. So wie der mich nimmt, hatte er schon länger keine mehr. „Ich komme" stöhnte er, zog seinen prallen Schwanz aus meinem Anus und spritzte mir eine riesige

Ladung über den Kopf, meinen Rücken und meinen Arsch. Einen Moment später drehte ich mich um und fragte ihn, was mit meinem Mund und meinem Gesicht ist. „Nach einer Dusche, die ich jetzt brauche" sagte er werde ich ihn in deinen Mund schieben und dir danach dein süßes Gesicht besamen." „Dann will ich aber mit in die Dusche" sagte ich. Er nahm das Band von meinen Handgelenken und legte seinen Arm um meine Hüfte und wir gingen duschen. Natürlich hatten wir nicht nur geduscht, sondern vor allem dafür gesorgt, dass sein Schwanz wieder zu voller Größe gewachsen war.

Noch im Bad hockte ich mich vor ihn und begann ihn zu blasen. Zuerst leckte ich mit meiner Zunge über seine Eichel. Dann nahm ich seine Eier in die Hand und massierte sie, während ich seinen Schwanz immer tiefer in meinen Mund gleiten ließ. Er begann zu stöhnen und griff nach meinem Kopf, den er nun immer schneller gegen seinen Schwanz drückte. Als er noch schneller werden wollte, drückte ich ihn weg und sagte „Langsam mein Süßer, ich will doch deine Eier auch noch in meinen Mund nehmen. Vorher darfst du nicht abspritzen." „Ich bin sooo geil" stöhnte er. „Ich weiß" antwortete ich und begann seine Eier zu lutschen. Mit meiner Hand wichste ich seinen Schwanz unentwegt weiter.

Ich küsste seine Eichel, leckte einmal drüber und hielt meinen Mund danach erwartungsvoll offen. Er kam und er kam gewaltig. Seine Sahne spritzte in meinen Mund und auch in mein ganzes Gesicht. „So geil wie du bläst, möchte ich gern immer mal wieder kommen" sagte er. „Wenn du mich dann auch so geil fickst, kannst du gern immer mal wieder kommen" antwortete ich ihm.

Jetzt wo wir fertig waren, machte er sich wieder an seine Arbeit und stellte noch am nächsten Tag die komplette Bewässerungsanlage fertig. Na klar kostete das etwas, jedoch nicht für mich.

Der Heizungsmonteur

Es ist kalt geworden und wir haben wirklich November. Ausgerechnet jetzt, geht meine Heizungsanlage kaputt und ich brauche es warm, sehr gern auch heiß, aber im Wohnzimmer auf dem Sofa sitzen und frieren ist wirklich nicht meins. Also schnell ran an das Telefon und den Heizungsmonteur anrufen. Vor einem halben Jahr hatte die alte Firma geschlossen, da der Meister in Rente gegangen und kein Nachwuchs vorhanden war. Die jüngeren Kollegen, ein richtig knackiger war auch dabei, hatten scheinbar kein Interesse diese Firma zu übernehmen. So musste ich in der nächsten Stadt anrufen und als ich endlich jemanden erreicht hatte hörte ich die Auskunft „Junge Frau, wir haben derzeit keine freien Termine, aber wenn Sie etwas flexibel sind, kann ich Sie vielleicht irgendwo dazwischenschieben." Ich antwortete ihm, dass ich beinahe jeden Termin nehmen werde, wenn dadurch meiner Wohnung und mir wieder warm würde. Nachdem ich aufgelegt hatte, ging ich zu meinem Kleiderschrank und kramte den dicken weißen Pulli und meine wärmenden Leggings hervor. Schnell beides übergezogen und einen heißen Tee gekocht und danach in meine Decke auf dem Sofa eingekuschelt. So langsam wurde mir warm. Als ich mich aufgewärmt hatte, beschloss ich in das große neue Einkaufcenter zu fahren und mir dort, zumindest etwas Wärme zu holen.

Als ich dort angekommen war, kam es mir voller als sonst vor. Hatten womöglich die anderen Frauen hier, das gleiche häusliche Problem wie ich, überlegte ich so bei mir. Na egal, rein in die nächste Boutique und nach etwas Schönem suchen. Es dauerte nicht lange und ich hatte einen schönen roten Pullover gefunden. Da ich Pullover lieber etwas lockerer trage, entschloss ich mich nicht die 36/38 zu nehmen, sondern die 38/40. Auf dem Weg zur Umkleidekabine kam ich bei den Dessous vorbei. Hier hingen schöne Sets und das eine in Dunkelrot fiel mir sofort ins Auge. Ich ging näher ran und es war sogar meine Größe. Der BH in 75B und der String in 36. Dieses Set hatte wohl auf mich gewartet. Rein in die nächstbeste Umkleidekabine und ausgezogen.

Da waren sie wieder, die geilen Gedanken. Ich hatte meinen Oberkörper frei, denn ich war ohne BH losgelaufen. Wenn jetzt der richtige „versehentlich" den nicht geschlossenen Vorhang zur Seite schiebt …. Der Pullover, den ich mir ausgesucht hatte, passte perfekt und ich merkte wie sich die Nippel aufstellten, als ich mit meinen Fingern ganz sanft über meine Brüste glitt. So hielt ich den BH einfach vor meine Brüste und er gefiel mir so noch mehr. Den String brauchte ich nicht anprobieren, denn 36 passt bei mir, das weiß ich.

Jetzt war mir wärmer geworden, als ich dachte. Dort hinten ist ein gemütliches Café und dort werde ich mich hinsetzen, eine Latte trinken und eine Kugel Eis essen, denn das ist hier immer sehr lecker. Ich hatte mich gerade hingesetzt, da klingelte mein Handy und die Heizungsfirma war dran. „Sind Sie um 14:00 Uhr zu Hause?" fragte der Chef. „Ja, das bin ich. Sie meinen doch heute?" fragte ich zur Sicherheit zurück. „Ja, ich meine heute" erwiderte er und fuhr fort „da kommt mein neuer Kollege zu Ihnen und wird die Heizung wieder in Gang bringen." „Das ist ja großartig, vielen Dank, dass es nun doch so schnell funktioniert" sagte ich noch. Die Kellnerin kam, nahm meine Bestellung entgegen und ich sah auf die Uhr meines Handys. Sie zeigte 11:40 Uhr, das ist ein gutes Timing, denn so konnte ich nach meinem Cafébesuch ganz gemütlich nach Hause laufen. Lange werde ich dann nicht mehr frieren.

Zu Hause angekommen, musste ich meine neuen Errungenschaften nochmal in Ruhe anprobieren und mich vor den großen Spiegel im Schlafzimmer stellen. Zunächst den String und danach den BH, der auch mehr zeigte als er verdeckte, aber gerade das gefiel mir daran. Heute Morgen hatte ich mich noch rasiert, sodass auch nicht das kleinste Haar unter dem String hervorlugte. Ich drehte mich hin und her und ich bemerkte, dass ich mir gefiel. Als ich auch noch den warmen Pullover übergezogen hatte, dauerte es nicht mehr lange und ich fror nur noch an meinen langen Beinen und meinen Füßen. Ganz schnell die warmen Leggings und die Kuschelsocken angezogen und mir wurde wieder warm. Es war viertel vor zwei als ich die Kaffeemaschine einschaltete, denn der Monteur sollte doch nicht frieren. So würde er zumindest etwas Warmes zu trinken haben. Ich hatte mich gerade in der Küche auf den Hocker gesetzt, da klingelte es und der

Monteur stand in der Tür. Wow, dachte ich. Der ist fast zwei Meter groß. Scheinbar war er auch recht muskulös und in seiner Hose hatte er bestimmt ein dickes Teil, denn seine Nase war nicht zu übersehen. „Kommen Sie rein" sagte ich und als er an mir vorbeilief bemerkte er wie gut er roch. Von hinten war er auch sehr ansehnlich. „Sehr gern, komme ich rein" erwiderte er mit tiefer, ruhiger Stimme. Er war vielleicht fünf Jahre älter als ich, aber das störte mich nicht. „Wo ist denn die kaputte Heizung" fragte er mich und ich bemerkte, wie er mich mit seinen Augen auszog. „Hier um die Ecke, dann sind Sie im Wohnzimmer" sagte ich, „dort ist die kalte Heizung" fuhr ich fort. „Danke schön" sagte er und ich erwiderte „Soll ich Ihnen einen Kaffee bringen?" „Ja, gern" sagte er „ich hätte ihn gern weiß ohne Zucker" ergänzte er noch. Kein Problem, dachte ich so bei mir und während der Kaffee durch die Kaffeemaschine lief, wurde mir schon etwas wärmer und ich tauschte die wärmenden Leggings gegen eine ganz Normale aus. Eine die genau den gleichen roten Farbton, wie mein neuer dickerer Pullover hat. Als ich dem Monteur den Kaffee brachte, sagte er „Sie sehen ja aus wie ein Weihnachtsengel, ganz in Rot." Wenn du wüsstest welche Farbe der String und mein BH, den ich gerade trage haben, würdest du mich wohl sofort vernaschen, dachte ich. „Können Sie mir das kleine Rohr kurz mal abnehmen" fragte er und ich war noch in meinen geilen Gedanken versunken. Ich antwortete „na klar nehme ich dir das kleine Rohr mal ab" ging auf ihn zu und er hockte genau vor mir. Meine Möse fast genau vor seinem Mund. „Danke schön für den Kaffee und deine Hilfe, wo wir schon beim „Du" sind. Jetzt wurde mein Gesicht ein wenig rot, aber das machte nichts. „Wenn du nachher mit der Heizung fertig bist, kannst du dir dann noch zwei, drei andere Stellen anschauen, an denen ich deine Hilfe dringend gebrauchen kann?" fragte ich ihn. „Aber selbstverständlich, sehe ich mir die auch noch an" sagte er. „Jetzt wo ich schon bei dir bin, erledige ich doch gleich alles" fuhr er fort.

Das klingt gut, dachte ich mir und hatte in Gedanken mir schon vorgestellt, wie er nachher schauen wird, wenn ich meinen Pullover unten etwas anhebe, natürlich nur – versehentlich -. Zumindest soll er das denken.

Die Heizung im Wohnzimmer war repariert und es dauerte nicht lange bis es wärmer wurde. „Jetzt hast du dir aber erst einmal eine Pause verdient" sagte ich zu ihm. „Danach kannst du dir die anderen drei Stellen anschauen und dich darum kümmern." „Setz dich doch" sagte ich und er nahm am

Esstisch auf dem Stuhl Platz. Ich setzte mich genau gegenüber und fuhr nach einer Weile mit meinem Fuß an seiner Wade und seinem Oberschenkel entlang bis ich an seinem Schwanz angekommen war, der nicht lange brauchte, um vor Geilheit zu stehen. Ich stand auf, schob den Pullover ein wenig hoch, sodass er meinen String sehen konnte.

„Komm mal mit, ich zeige dir mal die drei Stellen, um die du dich bitte kümmerst" sagte ich zu ihm. Ich ging voraus und merkte schnell, wie sein Blick meinen Arsch fixierte. „Ich kümmere mich gerne um deine drei Stellen" sagte er. „Sehr gern würde ich außer meinem harten Schwanz auch meine Hände und meine Zunge dafür nutzen." „Das wäre geil" sagte ich zu ihm „ich mag es gern hart rangenommen zu werden und das an allen drei Stellen, also meinen drei Löchern."

Mit einem Schritt war er neben mir und packte meine Arschbacke. „Ich werde dir erst deinen süßen, geilen Hintern versohlen und danach werde ich deine drei Löcher füllen. Hoffentlich mag es deine Pussy und dein Hintern hart und dick gefickt zu werden. Als erstes darfst Du ihn schön blasen und wichsen. Ich mag es, wenn du mir dabei die Eier kraulst."

Als ich IHN aus seiner Hose geholt hatte und damit begann ihn zu blasen und zu wichsen, wurde mir ziemlich schnell klar, was er meinte. „Der ist ja riesig" sagte ich und nahm seine Eichel wieder in meinen Mund. „Blas, Süße. Je besser du jetzt bläst, je härter kann ich dich nachher ficken. Aber vorher werde ich noch deine Möse lecken und deinen kleinen Kitzler zu einer großen Perle werden lassen." „Ich mag es, wenn ich geleckt werde und am liebsten, bis ich meine Geilheit nicht mehr bändigen kann und mit lautem stöhnen kommen darf" entgegnete ich. „Na, das will ich sehen und hören" entgegnete er und als sein Schwanz groß und prall stand, packte er mich, hob mich hoch und ich lag bäuchlings über seiner starken Schulter. „Aua", sagte ich, als er auf meinen Arsch schlug. „Gefällt dir mein Hintern" fragte ich ihn. „Du hast einen süßen geilen Arsch, Lena. Ich werde dich gleich als erstes lecken, bis du kommst und danach stopfe ich dir deine drei Ficklöcher" sagte er. Er hatte mich bei meinem Namen genannt, das passiert mir recht selten. Die meisten Männer finden andere Namen wie „geile Bitch", „Süße" oder „Spermaluder" für mich. Schon hatte er mir noch einige Male auf meinen Hintern gehauen und ich spürte wieder einmal wie mich das geil machte. Zum Dank kniff ich ihn in seinen sportlichen Hintern. Wie gut, dass ich ihm seinen Slip vorhin schon ausgezogen hatte. „Au" sagte er mit seiner tiefen Stimme. „Ich kann das auch" entgegnete ich.

Jetzt hatte er mich auf den Küchentisch gelegt und er begann meine Möse zu lecken. Mit seinen kräftigen Händen hatte er meine Beine gespreizt, sodass er mich verwöhnen konnte. Nachdem er einmal bis zu meinem Kitzler geleckt hatte, sagte er das ich gut schmecke und dass er mein Piercing großartig findet. „Ja, das habe ich mir vor drei Wochen machen lassen. Danach musste ich ein paar Tage ungefickt bleiben, das war gar nicht so leicht." Kaum hatte ich das ausgesprochen, da begann er mich kräftiger zu lecken und er schob einen Finger in meinen Anus. Das machte mich schneller geil, als ich das wollte. „Ja, komm gib es mir, du geiler Typ." „Ich heiße Marc" antwortete er mir, nachdem er kurz von meiner Möse gelassen hatte. Jetzt nahm er sich wieder meine Möse vor und schob inzwischen zwei Finger seine Hand in mich hinein. Jetzt jedoch direkt in meine Möse. „Du bist schön eng gebaut Lena. Ich liebe es, wenn ich deine Löcher gleich komplett ausfüllen kann." „Dein riesiger Schwanz wird mich ausfüllen und ich … Ja, Jaaa, Jaaa, Jaaa" stöhnte ich noch hervor und dann krallte ich mich am Tischbein fest. „Ich komme" war das nächste was ich noch hervorstöhnen konnte und dann kam ich. Einen so heftigen Orgasmus, vom geleckt werden, hatte ich schon lange nicht mehr. „Du hast mich tatsächlich zum Explodieren gebracht, Marc. Dafür werde ich gleich deinen Schwanz in meine Möse lassen, aber vorher wichse ich ihn dir nochmal, bis er wieder richtig steht. Ich will hart rangenommen und geil gefickt werden." Ein paar Mal hatte ich ihn gewichst, da stand er auch schon wieder. „Los, fick mich!" forderte ich ihn auf und Marc ließ sich nicht lange bitten, sondern stieß seinen harten mit einem Mal ganz tief in mich hinein.

Er nahm mich also auch gleich hier auf dem Küchentisch. Die anderen Handwerker sind mit mir ins Bett gegangen, aber Marc war offenbar anders. Mit seinen Händen spreizte er meine Schenkel und hob sie auch ein wenig an. „So kann ich dich tiefer ficken du geile Bitch" sagte er. „Ich bin keine Bitch, mein starker Stecher" antwortete ich ihm. „Klar für mich bist du das, und ich liebe es mit einer Bitch zu ficken." Er rammte seinen harten Prügel immer heftiger und schneller in mich hinein. „Das ist so geil, wenn meine Eier an deinen süßen Arsch klatschen und deine Titten im Takt schaukeln" sagte er und begann mit der einen Hand meine Brüste zu kneten und meine Nippel zu straffen. Der leichte Schmerz, den ich dabei spürte, machte mich nur noch geiler. „Ich will deine Sahne auf meinen Bauch" stöhnte ich hervor. „Ich werde dich vollspritzen, du süßes geiles Stück" stöhnte Marc. „Oh, ja komm gib sie mir, deine ganze Ladung" stöhnte ich noch und dann zog Marc seinen Schwanz aus mir heraus und die Spritzer seiner geilen Sahne gingen bis zu meinen Brüsten. „So, jetzt will ich das du deine Titten säuberst und alles schluckst." Er war sehr fordernd und so nahm ich mit meinen Fingern die Sahne von meinen Brüsten und leckte genüsslich seine salzige Sahne ab. Zum Schluss öffnete ich meinen Mund weit und sagte „Die nächste Ladung spritzt du mir hier rein" und ich werde dich komplett leer saugen, du geiler Ficker."

So stand ich vom Küchentisch auf, packte seinen etwas schlafferen Schwanz und begann ihn zu wichsen. Mit der anderen Hand schlug ich, so doll ich konnte, auf seinen Hintern und ließ meine Hand dort. „Mach das nochmal" forderte er mich auf. „Gern" sagte ich und schon klatschte meine Hand wieder auf seinen süßen Arsch. Ich sollte gleich spüren, warum er das sagte. Er drückte mich mit seinen starken Armen in die Hocke und packte meinen Kopf. Dann stieß er seinen wieder hart gewordenen Schwanz in meinen Mund. „Ich liebe es ganz tief geblasen zu werden" sagte er mit einem Lächeln. Ich konnte nicht antworten, denn Marc bewegte jetzt meinen Kopf immer hin und her.

Dann zog er mich an meinen Haaren weg von seinem strammen Schwanz. „Komm, wichs ihn mir noch etwas und dann will ich deinen Mund füllen" sagte er. Ich nahm ihn in meine Hände und sah, wie groß er war. „Ah, ja, ja, ja, jaaa" stöhnte Marc noch und dann bekam ich eine kräftige Ladung in meinen Mund gespritzt. „Schluck, du geiles Stück" forderte er wieder von mir. Ich schluckte seine Ficksahne und dann lutschte ich ihn sauber. „Ich will noch einen Arschfick" sagte ich ihm. „Den bekommst du auch und ich werde deinen süßen kleinen Arsch so hart ficken, dass du keinen anderen Schwanz mehr haben möchtest, du spermasüchtige Bitch" antwortete er mir.

Jetzt schob er mich vor sich her, klatschte dabei immer wieder auf meinen Hintern. Direkt vor dem Küchenschrank hob er ein Bein von mir an und um nicht zu fallen, stützte ich mich am Schrank ab. Ohne auch nur einen Moment zu warten, schob er seinen harten in meinen Anus, der ja nun frei lag. „Aua", sagte ich. „Hab dich nicht so, du willst es doch genauso" sagte Marc und packte meine langen Haare und zog sie zu sich. „Jetzt wird dein wirklich süßer Arsch besamt" stöhnte er und stieß immer heftiger in mich hinein. Er ließ meine Haare los und begann meine Brüste zu streicheln. Zuerst zaghaft dann immer kräftiger. Ich begann wieder zu stöhnen, denn Marc machte mich immer geiler. Als er meine Nippel zwischen seine Finger nahm, sie zwirbelte und langzog, stöhnte ich noch lauter. „Ja, Lena, Süße, lass mich hören, wie geil dich das macht." „Komm, Marc, fick mich hart durch und spritz deine heiße Sahne auf meinen Arsch" stöhnte ich hervor. „Ich werde dich durchficken, bis du nicht mehr stöhnst, sondern deine Geilheit herausschreist. Ich werde dich zu einem Orgasmus ficken, den du noch nie erlebt hast, du geiles Luder." So hatte Marc mich noch nicht genannt, aber wenn er mag, bin ich gern sein geiles Luder, dass er bis zum Höhepunkt rannehmen will. Klatsch, klatsch, klatsch machte es und schon wurde mein Hintern wieder versohlt. „Au...aaahhh, Ja, jaaa du machst mich immer heißer und wenn ich komme, werde ich dir mein Becken entgegendrücken, du geiler Ficker. „Ja" stöhnte jetzt Marc „ich will dich ganz tief, soweit mein strammer Schwanz in dich eindringen kann, will ich deinen süßen, geilen, kleinen Arsch. Du bist so herrlich eng" stöhnte er noch, um seinen Schwanz noch tiefer in meinen Anus zu stoßen. Jetzt wurde er immer schneller und er fickte mich immer heftiger und heftiger. Ich schob ihm mein Becken, soweit es ging, entgegen, damit er gleich gewaltig kommen kann und wir unsere Lust und unsere Geilheit gemeinsam herausschreien können.

Rein, raus, rein, raus, rein „JAAAAAAA, ICH KOMMEEEE" schrien wir beide und er spritzte auf meinen Arsch, meinen Rücken und meinen Hinterkopf. Meine Möse war klatschnass und mein Kitzler so groß und so hart wie schon ewig nicht mehr.

So geil bin ich schon sehr lange nicht mehr rangenommen worden. Wir zwei waren uns nach der gemeinsamen Dusche einig, dass dies wiederholt werden muss. Und jetzt, da meine Wohnung wieder warm ist, kann ich auch überall gefickt werden.

Ich will Euch

Lenas Freundin hatte kürzlich ein schönes Haus entdeckt, indem es sehr heiß und geil zugeht. Da Lena auch schon lange nicht mehr rangenommen wurde, beschließt sie sich dieses Haus mal etwas näher anzusehen.

Das innere übertrifft das Äußere um Längen und Lena wird hier so oft (her)kommen, wie sie mag.

Lassen Sie sich überraschen, was hier alles geschieht. Ich bin schlank, habe braune schulterlange Haare, graugrüne Augen und die Männerwelt sagt, dass ich einen süßen Mund habe.

Ich bin 1,65 Meter groß, trage einen BH in 75B und meine Höschen in S oder 36. Ob Stringtanga, Hotpants oder ganz ohne ist mir gleich und richtet sich meist nach dem, was ich noch erleben will.

Meine Kurven: 94-62-93 sagen noch mehr, vor allem den Männern unter Ihnen.

Ich bin komplett rasiert und trage ein Intimpiercing.

In alle Löcher

In meinem Buch finden Sie einige Geschichten rund um das Thema Sex. Hier geht es in alle Löcher, auch in meine.
Frauen und Männer werden auf ihre Kosten kommen und es gibt fast kein Tabu.
Meine Freundinnen haben mir ein paar Sexstories erzählt und auch die habe ich hier aufgeschrieben.
Für einsame Stunden ist das Buch genauso geeignet wie zum Vorlesen und vielleicht auch zum Nachmachen.
Ich wünsche meinen Leser*innen geiles Kopfkino und natürlich eine geile Zeit. Ich bin schlank, habe braune schulterlange Haare, graugrüne Augen und die Männerwelt sagt, dass ich einen süßen Mund habe.
Meine geileren Lippen nehmen gern eine flinke Zunge, vielleicht auch ein oder zwei Finger einer starken Männerhand und natürlich auch einen festen, steifen Schwanz in sich auf.
Ich bin 1,65 Meter groß, trage einen BH in 75B und meine Höschen in S oder 36. Ob Stringtanga, Hotpants oder ganz ohne ist mir gleich und richtet sich meist nach dem, was ich noch erleben will.
Meine Kurven: 94-62-93 sagen noch mehr, vor allem den Männern unter Ihnen.
Ich bin komplett rasiert und trage ein Intimpiercing.